# LA MENACE DES SEIGNEURS-BRIGANDS

Du même auteur :

*Le Crime de la pierre levée*


87, quai Panhard-et-Levassor – 75647 Paris Cedex 13
ISBN : 978-2-0812-4157-2

CATHERINE CUENCA

# LA MENACE DES SEIGNEURS-BRIGANDS

Flammarion Jeunesse

## 1

## Le retour des guerriers

*Juillet 1103, château de Roquemaure, comté de Toulouse.*

Bruna entrouvrit les yeux. La porte grinçait doucement. Une ombre glissa sur le sol, barrant le rai de lumière. Elle se redressa dans un sursaut.

— Oskar ?

Le vent sifflait en s'infiltrant dans les interstices de bois. Au loin, none[1] sonnait au clocher de Roquemaure. La jeune femme se leva pour fermer la porte. Elle s'était assoupie et elle avait mal dormi. Des rêves obscurs lui avaient laissé le cœur inquiet. Si seulement Oskar s'était tenu sur le seuil de leur petite maison ! Bien des fois elle avait rêvé de son retour mais il n'était jamais là à son réveil.

1. None : heure canoniale correspondant à 15 heures.

Bruna jeta un regard par l'entrebâillement de la porte. La maison donnait sur la basse-cour. Le soleil faisait peser une chaleur brûlante sur la terre en ce milieu d'après-midi. Seul le vent du nord apportait un peu de fraîcheur...

La jeune femme traversa la place jusqu'au jardin suspendu. Caché par une haute muraille, il était accessible par un étroit escalier de pierre. Sous les branches basses d'un cerisier poussaient plantes aromatiques et médicinales. Bruna s'approcha du rosier blanc qui partait à l'assaut des créneaux surplombant le fossé. Les roses dégageaient un parfum suave qui lui serra le cœur. Oskar lui avait offert un bouquet de roses blanches le jour où il l'avait demandée en mariage. Elle venait de fêter ses quinze ans ; lui en avait vingt-deux. Deux ans déjà s'étaient écoulés...

Bruna passa le doigt sur la muraille, entre deux tiges chargées d'épines et compta vingt-neuf encoches. Au moyen du petit couteau qu'elle portait toujours à la ceinture, elle en grava une trentième.

Cela faisait trente jours qu'Oskar était parti à la guerre.

Bernard, seigneur de Roquemaure, avait été appelé à l'aide par son suzerain, Arnaud de Castelmont, lâchement attaqué sur ses terres par une bande de seigneurs-brigands venus du Nord. Tenu par ses devoirs de vassal, il avait réuni ses meilleurs soldats et mercenaires. Oskar était de ces derniers.

Bruna se rappelait son sentiment d'incrédulité. Leur région n'avait pas connu la guerre depuis plusieurs décennies. Tout en préparant son arc et ses flèches, Oskar affichait une mine sombre :

— Si je ne devais pas revenir..., avait-il commencé.

Bruna s'était mise en colère :

— Que racontes-tu ? Tu seras de retour avant la Saint-Jean !

Comme il ne répondait pas, elle avait insisté :

— Pierre et toi, vous veillerez l'un sur l'autre et vous reviendrez bien vite !

Jeune valet de cinq ans son cadet, son frère était depuis un an au service de Bernard de Roquemaure. Il devrait tout naturellement suivre son maître au combat.

— Je l'espère, avait fini par dire Oskar.

C'était à ce moment-là que Bruna avait pris conscience de la menace qui pesait sur eux. Son frère et son mari partis, son grand-père Aloïs habitant toujours sa petite bergerie de Peyrefitte, perdue dans les montagnes, elle demeurerait seule à Roquemaure. Mais la vie continuait. Il faudrait préparer les repas de Maître Michelin, l'intendant du seigneur, et des quelques gardes restés au château, faire les courses et nettoyer les cuisines.

La jeune femme regarda par le créneau. La vallée se déroulait jusqu'à la forêt. Au-delà, les premiers contreforts des montagnes élançaient leurs pics abrupts vers le ciel. Sur la route qui débouchait de la forêt, un groupe d'hommes en armes, les uns à cheval, les autres à pied, avançait lentement en direction du bourg. Le cœur battant, clignant des yeux, elle chercha à distinguer les armoiries portées par le porte-drapeau qui marchait en tête du convoi. Au même moment, un cri tomba du chemin de ronde :

— Convoi sur la route ! Il se dirige sur Roquemaure.

Un cliquetis d'armure répondit et Bruna reconnut la voix du guetteur de la porte.

— Je le vois ! Ce sont les armes de Roquemaure. Ouvrez les portes, messire Bernard est de retour !

D'un bond, Bruna fut dans la basse-cour. Des femmes s'étaient réunies autour du puits, des valets couraient en tous sens. Francette, la grosse cuisinière, la héla depuis le seuil de sa maison.

— Le maître est de retour !

— Et Pierre et Oskar ! ajouta Bruna.

Transportée de joie, la jeune femme franchit le pont-levis. Un groupe de villageois s'était déjà formé devant la barbacane[1] et commentait la nouvelle avec animation.

1. Barbacane : ouvrage fortifié qui protège l'accès d'un château-fort.

— Ils entrent dans le bourg ! annonça un enfant hissé sur un pigeonnier.

Emportée par son élan, Bruna se jeta dans la foule, sans prendre garde à la silhouette qui arrivait en sens inverse. Elle l'évita de justesse.

— Sainte Vierge ! Fais donc attention, Bruna !

— Excuse-moi, Lison, dit Bruna en reculant, confuse. Je ne t'avais pas vue...

La femme grimaça.

— Un pas de plus et tu m'envoyais baigner dans le ruisseau ! s'exclama-t-elle avec un regard dégoûté pour la rigole qui coulait au centre de la rue, charriant eaux usées et détritus.

Servante au château, Lison était une joyeuse commère qui se donnait pour règle d'être toujours au courant de tout. Son visage grave surprit Bruna. Réprimant un mouvement d'inquiétude, elle s'enquit :

— Quelles sont les nouvelles ?

— On dit que Messire Bernard est mort, lâcha Lison dans un soupir.

— Quoi ?

— Il a laissé sa vie au combat devant Castelmont. Les brigands ont vaincu, le château est pris, le seigneur et sa femme ont été décapités.

— Qu'est-ce que c'est que ces histoires ? s'énerva Francette qui les avait rejointes, tout essoufflée. Le maître, mort ? Allons, il est fort comme un roc. Ce n'est pas demain que le Bon Dieu le rappellera à lui !

Bruna regardait à droite et à gauche, essayant de voir par-dessus les têtes des badauds qui s'attroupaient devant le château, toujours plus nombreux. Les tristes rêves des jours passés lui revinrent en mémoire comme de mauvais pressentiments. En un instant, l'attitude de la foule avait changé. Des hommes se regardaient, atterrés. Elle aperçut des femmes et des enfants en pleurs avant même l'apparition de la bannière au bout de la grand-rue. La rumeur enflait :

— À peine la moitié est de retour !

— Préparez des couches, il y a de graves blessés !

Sentant l'affolement la gagner, Bruna joua des coudes pour se frayer un passage jusqu'au convoi. La colonne venait de stopper devant le pont-levis. Des villageois aidaient les cavaliers à descendre de leurs montures ; tous étaient blessés et les chevaux épuisés tiraient l'échine sous le poids des hommes. Plus loin, des piétons[1] dételaient un tombereau dans lequel un corps gisait, inerte, enveloppé dans une couverture frappée du blason de Roquemaure. La foule poussa un cri horrifié en découvrant le visage blême et figé de Bernard de Roquemaure.

— C'est impossible ! se récria Francette.

Un sergent aux vêtements déchirés et ensanglantés expliquait d'une voix blanche :

1. Piétons : soldats qui vont et se battent à pied.

— Un coup d'épée dans la poitrine... L'armure fendue... La plaie s'est rapidement infectée... Mort en quelques heures.

Bruna n'écoutait déjà plus. En avant du sinistre chariot, le porte-drapeau avait mis un genou à terre. Elle se précipita et rattrapa Pierre avant qu'il ne s'écroule sur le sol.

— Bruna ! souffla-t-il.

— Ne bouge pas, je vais t'apporter à boire.

— D'abord, ôte-moi ma chemise, ou je vais étouffer.

Dans sa précipitation, elle déchira le tissu trempé de sang.

— Mais... tu es blessé ?

— Ce n'est rien.

— Et Oskar ?

Il secoua la tête.

— Je suis désolé, Bruna.

Ce fut au tour de la jeune femme d'avoir l'impression d'étouffer.

— Pierre, où est Oskar ? insista-t-elle.

— Bruna, je suis désolé, répéta Pierre. Oskar a disparu.

## 2

## Le choix de Bruna

— La dernière bataille a été terrible. Quand nous sommes arrivés à Castelmont, les brigands tenaient déjà le château. Ils ont menacé de tuer le seigneur et sa famille si nous tentions quoi que ce soit contre eux. Le siège a commencé...

Pierre s'interrompit pour tousser. Son visage naguère rond et plein s'était creusé et des cernes noirs soulignaient ses yeux. Son corps amaigri semblait avoir grandi d'un coup.

— Ils nous bombardaient avec tout ce qu'ils avaient sous la main, même les cadavres des soldats de Castelmont. Une nuit, messire Bernard s'est entendu avec les chefs des autres armées de secours pour attaquer par surprise en passant par les latrines du château. Cela n'a pas marché. Les brigands nous ont pris à revers. J'étais à côté de messire Bernard quand il a été touché. Je n'ai pas pu éviter un coup de poignard mais j'ai réussi à m'en sortir avec quelques compagnons. Nous avons ramené messire Bernard au camp et c'est là que nous avons réalisé que nous avions été décimés.

Il reprit avec difficulté, des sanglots dans la voix :

— Oskar n'est pas rentré au camp. Personne ne sait ce qui lui est arrivé. La dernière fois que je l'ai vu, il se battait comme un lion.

Pierre se tut, les larmes aux yeux. Ceux de Bruna restaient secs. Sans réfléchir, elle avait soutenu son frère jusqu'à leur maison, l'avait aidé à se déshabiller. Heureusement, le poignard n'avait pénétré que les chairs du bras, elle avait pu laver et panser la blessure sans trop de mal. À présent, assise au bord du lit où Pierre se reposait, elle l'avait écouté raconter son histoire, abrutie, hébétée, sans savoir quoi penser. Oskar, disparu. Que fallait-il comprendre ? Les brigands, Pierre le lui avait bien dit, ne faisaient pas de prisonniers ; les blessés étaient impitoyablement achevés. Oskar avait-il réussi à fuir ? Pourquoi alors n'avait-il pas rejoint le camp ? Pourquoi n'était-il pas rentré à Roquemaure comme ses compagnons ? Avait-il été retardé ? Mais par quoi ? Elle sentait bien que son frère avait raison. L'espoir qu'Oskar fût encore en vie était si mince que c'était presque de la folie d'y croire. Mais comment pouvait-elle se résigner au pire, alors que personne n'en avait la preuve ?

— On ne pouvait rien faire, reprit Pierre d'une voix lasse. Nous étions trop peu nombreux.

Il voulut bouger et retint un gémissement de douleur.

— Reste tranquille ! ordonna Bruna. Je vais faire venir grand-père pour qu'il te prépare un baume de plantes.

— Grand-père n'est peut-être plus à la bergerie à l'heure qu'il est, soupira Pierre.

— Que dis-tu ?

— En chemin, des paysans de Peyrefitte nous ont rapporté que les brigands étaient venus les rançonner à plusieurs reprises. Ils ne se contenteront pas de Castelmont. Dans quelques semaines, quelques mois tout au plus, ils seront à Roquemaure. Grand-père a sans doute été prévenu et il viendra se réfugier au château d'ici un jour ou deux.

— Tu crois cela ? s'indigna Bruna. Grand-père ne quitterait jamais la bergerie sur des rumeurs !

— Eh bien, j'espère que tu as tort et que nous le verrons arriver ici très bientôt, sain et sauf ! sanglota Pierre.

Il détourna le visage et Bruna vit les larmes inonder ses joues. Désemparée, elle se leva et sortit. La basse-cour était déserte et silencieuse. Les vêpres[1] sonnaient au clocher tandis que le jour baissait

1. Vêpres : heure canoniale correspondant à 18 heures.

doucement. Roquemaure connaîtrait trois jours de deuil en l'honneur de son seigneur défunt.

La jeune femme gagna la cuisine. Francette avait commencé à préparer les sauces pour le souper de Maître Michelin. Elle ne dit rien en la voyant entrer. Elle était au courant de l'absence d'Oskar, comme tout le monde au château, et Bruna la remercia intérieurement de ne pas lui en parler. À cet instant, elle aurait éclaté en sanglots.

La nuit était complètement tombée quand la jeune cuisinière regagna sa maison. La tête sur la poitrine, Pierre dormait dans le grand lit. Sans bruit, Bruna tira un banc devant l'âtre obscur. Elle n'avait pas sommeil. Les yeux fixés sur la cendre, elle écouta les cloches égrener les heures. Espérer. Ainsi, voilà de quoi serait faite sa vie à l'avenir. Espérer l'arrivée de grand-père. Espérer le retour, presque improbable, d'Oskar.

Elle se leva et fit quelques pas dans la pièce. Elle étouffait. Elle ne pouvait pas attendre sans rien tenter. Elle devait en avoir le cœur net. Oskar, elle en était sûre, n'aurait pas voulu qu'il en fût autrement.

Les cloches sonnèrent le deuxième quart de la nuit. L'aube était proche.

Bruna ôta son voile et défit sa coiffure. Ses cheveux tombèrent en boucles serrées sur ses épaules. Elle en saisit une entre ses doigts, l'étira. Les ciseaux se refermèrent sur la mèche dans un long crissement... Une à une, les boucles tombèrent en ondulant sur le sol comme des serpents. La jeune femme les assembla et les jeta au feu. Puis elle remplit un baluchon de pain et de lard et choisit une paire de chausses[1], une chemise et un chapeau parmi les affaires d'Oskar. Il ne lui manquait plus qu'un carquois et l'arc avec lequel il lui avait appris à tirer.

Bruna s'approcha de Pierre. Il dormait toujours, la bouche entrouverte, écrasé de fatigue sur le lit de paille.

— Pardonne-moi, petit frère, murmura-t-elle.

Pierre avait la chance de savoir lire, comme elle. Quand il découvrirait son mot gravé sur la pierre tendre de l'âtre, il comprendrait et il ne s'inquiéterait plus. *Je suis partie à la recherche d'Oskar.* Francette aussi comprendrait sûrement. Le reste n'avait pas d'importance.

Bruna ouvrit la porte. Le petit matin était frais et l'air chargé d'une odeur d'herbe mouillée...

Quelques instants plus tard, un jeune archer franchissait les portes de Roquemaure avec les premiers paysans qui partaient moissonner.

1. Chausses : au Moyen Âge, sorte de bas qui couvrent les jambes des hommes.

## 3

## LES ROUTIERS DE BALTHAZAR

Dépassant les champs et les pâtures de Roquemaure, Bruna suivit la route sur une bonne lieue en direction du nord. Arrivée à une ferme, au pied des premiers contreforts de la montagne, elle demanda son chemin.

— Castelmont ? répéta un paysan en posant le pied sur sa bêche pour appuyer son effort de mémoire. Tu t'en vas donc rejoindre la nouvelle armée de secours ?

— Certes, mentit Bruna. J'ai entendu dire qu'on aurait besoin de monde là-bas.

— D'après ce qu'on raconte, c'est le comte de Toulouse en personne qui va régler cette affaire. Les brigands auraient pendu le seigneur et sa dame. Leur chef, Harold le Balafré, est réputé sans pitié. Tu en auras bien pour quatre à cinq jours de marche à travers la montagne. Il faut dire qu'elle est rude... Suis les sentiers des pâtres jusqu'au versant nord où tu apercevras Castelmont au fond de la vallée. Dieu te garde !

Bruna s'éloigna, pensive. Comme elle avait bien fait de se déguiser en homme et de s'armer ! La guerre semblait loin d'être finie à Castelmont. Oskar s'y trouvait peut-être encore, attendant de rejoindre l'armée du comte de Toulouse. La situation devait être fort grave pour que ce grand seigneur s'en mêle personnellement. Son armée composée de soldats aguerris viendrait certainement à bout des brigands. Mais ce n'étaient que des rumeurs. Pour le moment, un sentier escarpé, bordé de ronces et de genévriers se dressait devant Bruna, serpentant sur les flancs rocheux de la montagne. Elle s'y engagea résolument.

La jeune femme marcha tout le jour, ne s'arrêtant qu'une fois pour manger un peu du pain et du lard qu'elle avait emportés. À l'approche de la nuit, elle trouva une petite grotte creusée par le ruissellement des eaux d'une cascade. Elle alluma un feu avec quelques branches sèches. Roulée en boule, elle sombra dans le sommeil.

Quand Bruna rouvrit les yeux, Oskar était couché à côté d'elle. Un filet de sang vermeil s'écoulait d'une profonde plaie à sa cuisse. Elle voulut se rapprocher de lui, mais ses membres refusèrent de bouger. Oskar ferma les yeux.

— Laisse-moi, Bruna ! souffla-t-il.

Impuissante, elle regarda son visage devenir de plus en plus pâle.

— Oskar !

Des loups lui répondirent, plus bas dans la montagne. L'écho se répercuta sur les parois, réveillant Bruna. Le front en sueur, la jeune femme se redressa. Le feu ne jetait plus que quelques lueurs incertaines. La grotte était plongée dans l'ombre. Elle se hâta de raviver le foyer. Les hurlements des loups s'éloignèrent puis se turent. Mais une angoisse sourde lui oppressait toujours la poitrine. Qu'était-il arrivé à Oskar ? Avait-elle fait un simple cauchemar ? Ou était-ce un avertissement qu'il lui envoyait de l'au-delà ? Troublée, elle ne parvint pas à retrouver le sommeil. Bruna reprit sa route à l'aube.

Il ne devait pas être loin de midi quand un bruit de voix attira son attention. Elle l'avait tout d'abord pris pour le murmure d'une cascade. Mais le sentier déboucha tout d'un coup dans un creux du terrain, révélant une demi-douzaine d'hommes armés de dagues, de pieux et de haches. Ils déjeunaient en bavardant, vautrés sur les rochers qui surplombaient le chemin. Bruna s'arrêta net, trop tard. Sa silhouette dominait le chemin et quand bien même les aurait-elle entendus plus tôt, il n'y avait pas d'autre route à suivre pour les éviter.

Le silence se fit parmi les convives. L'un d'eux se leva. Il était grand et massif et portait au côté un énorme maillet. D'épais cheveux noirs tombaient sur ses épaules et une barbe frisée recouvrait une bonne partie de son visage tanné et bruni par le soleil. Son œil droit était caché par un morceau de cuir attaché derrière la tête par une ficelle.

— Tiens, tiens, tiens, chantonna-t-il d'une voix qui tenait du mugissement. Qui a dit que les routes de montagnes étaient toujours désertes ?

Bruna ne répondit pas. Le cœur battant à tout rompre, elle resserra l'étreinte sur son arc. Elle était leste. À la moindre alerte, elle décocherait une flèche.

Immobile, elle regarda le colosse faire un pas vers elle.

— Eh bien, l'archer, tu n'es pas très bavard ! Tu pourrais au moins nous souhaiter le bonjour ! Dis-moi : ne t'en irais-tu pas à Castelmont ?

Bruna déglutit. Étaient-ce des mercenaires qui répondaient à l'appel de la nouvelle armée de secours ? Ou des ribauds[1] à la solde du nouveau maître de Castelmont, cet Harold le Balafré qu'on disait sans pitié ?

— As-tu perdu ta langue ? lança un gaillard au nez pointu comme un museau de rat.

Des rires parcoururent le groupe. Il fallait parler.

1. Ribauds : vagabonds, pillards.

— Et si c'était le cas ? demanda Bruna avec méfiance.

— On m'appelle Balthazar le Borgne, reprit le grand barbu en ignorant sa remarque. Quel est ton nom ?

— B... Barnabé est mon seul nom.

— Sache, Barnabé, que nous allons nous aussi à Castelmont où une belle solde est promise à ceux qui combattront à la délivrance du château aux côtés du sieur de Saint-Gilles[1]. Joins-toi donc à nous !

— La route paraît moins longue en bonne compagnie, ajouta l'homme au visage de rat et ses compagnons s'esclaffèrent.

Bruna les regarda tour à tour. Étaient-ils des mercenaires comme ils le prétendaient ? L'un d'eux avait le crâne rasé et portait des marques de fers au cou et aux poignets. Les autres affichaient des trognes patibulaires d'hommes sans foi ni loi, jusqu'à un jeune garçon qui la dévisageait par-dessous une mèche de cheveux d'un blond sale. Elle sentit qu'il serait dangereux de refuser leur proposition. Mais pouvait-elle la refuser ? Il n'existait qu'une route conduisant à Castelmont par la montagne. Elle n'avait pas le choix.

— J'accepte, dit-elle d'une voix faussement enjouée. Je me joins à votre bonne compagnie.

1. Bertrand de Saint-Gilles (1065-1112) est comte de Toulouse de 1096 à 1108.

Elle descendit le sentier.

— À la bonne heure ! s'écria Balthazar.

Le géant l'accueillit par une claque dans le dos qui faillit la faire tomber.

— Prends place à côté de moi et mangeons.

Un des hommes était en train de dépecer un poulet cuit sur une branche entre deux pierres. Bruna sortit le reste de pain et de lard qu'elle avait emportés de Roquemaure.

— Voyez donc le dîner de notre ami ! siffla le grand Balthazar. Voilà un lard qui a belle allure ! Où l'as-tu trouvé ?

— Des paysans me l'ont vendu sur la route, improvisa Bruna.

— Vendu ! s'exclama Balthazar. Vous entendez ça, vous autres ? Notre ami achète !

— Nous, on n'achète pas, on se sert, expliqua l'homme-rat en découvrant d'affreuses dents jaunes.

Des rires firent écho à cette révélation. Balthazar y mit fin d'un geste de la main.

— Allons, Maurin, ne donnons pas une mauvaise image des routiers[1] de Balthazar à notre nouvel ami. Barnabé est un homme d'honneur.

— Et de goût, compléta un autre larron à la barbe et aux cheveux hirsutes. Regardez-moi cet arc ouvragé.

1. Routier : au Moyen Âge, soldat qui pillait.

Il s'empara d'une flèche dans le carquois de Bruna et la soupesa avec une moue admirative. Elle essaya de ne pas y prêter trop d'attention, sentant une obscure angoisse monter en elle. Oskar gravait également chacune de ses flèches. Si les routiers lui demandaient de sculpter leurs armes, elle ne saurait quoi faire...

— Laisse, Raoul, intervint Balthazar. La beauté n'est pas tout. Je propose que Barnabé nous montre ses talents d'archer.

— Oh oui ! applaudirent les autres. Une démonstration !

Poussée, tirée de tous les côtés, Bruna se retrouva debout au milieu du sentier.

— Je ne pense pas pouvoir vous montrer quoi que ce soit, balbutia-t-elle. Je ne vois aucune cible.

— Là-haut ! cria Raoul. Un vol de choucas.

Bruna leva les yeux.

La bande d'oiseaux noirs voletait autour d'un promontoire rocheux, à quelques centaines de mètres au-dessus du chemin. Elle ne pouvait pas se dérober.

— Barnabé va nous trouver notre souper, décréta Balthazar le Borgne de sa voix de stentor.

La gorge sèche, poussée par les cris des hommes excités, Bruna ajusta une flèche, visa au hasard dans le groupe.

— Pardonne-moi, petit oiseau, murmura-t-elle.

La flèche partit avec un léger sifflement. Les oiseaux s'égaillèrent dans le ciel, tandis qu'une boule de plumes tombait en virevoltant, sous les hourras des routiers. Bruna resta debout, abasourdie, n'arrivant pas à croire à sa chance. Raoul sauta derrière les rochers. Il réapparut aussitôt, un choucas au jabot ensanglanté dans les mains.

— Tué net ! commenta-t-il avec un grand sourire.

— Bravo ! applaudit Balthazar. Voyons maintenant ce que tu vaux au combat d'homme à homme, Barnabé.

# 4

# Le défi

Bruna se retourna, désemparée. Six paires d'yeux brillants d'excitation étaient fixées sur elle. Avait-elle bien entendu ?

— Allons, Barnabé, ne fais pas cette tête ! pouffa Balthazar. Tu as compris : il s'agit de prouver sa force. Tout nouveau routier dans la bande de Balthazar le Borgne doit relever ce défi !

Bruna continuait d'entendre les cris lui vriller les oreilles sans réagir. Que voulait dire Balthazar ? Devait-elle se mesurer en duel à mains nues contre lui ? C'était absurde ! Il aurait forcément le dessus ! Sans compter qu'il la démasquerait à coup sûr. « Qu'as-tu fait, Bruna ? Dans quel piège t'es-tu fourrée ? » se reprocha-t-elle. Mais il était trop tard pour reculer. Lui apparut le visage d'Oskar froid et déterminé, le jour de son départ pour Castelmont. Le reverrait-elle un jour ? Les dents serrées, elle se débarrassa de son carquois et le déposa par terre à côté de son arc.

— Notre Barnabé semble avoir hâte d'en découdre ! s'exclama Balthazar, visiblement ravi. Rassure-toi, mon garçon, ici on se bat à la loyale, contre un adversaire à sa taille... Je ne ferais qu'une bouchée de toi !

Les autres éclatèrent de rire comme à la meilleure plaisanterie qu'ils n'eussent jamais entendue.

— Loup ! appela le géant.

Personne ne bougea.

— Eudes ! cria Balthazar à l'homme au crâne rasé. Trouve-moi ce coquin de Loup et amène-le ici prestement !

Poussé sans ménagement par son compagnon, le jeune garçon blond dégringola d'un rocher et tomba à genoux sur le sentier.

— Debout, mâtin du diable[1] ! brailla Eudes en lui assenant un coup de pied dans les reins.

— Fais honneur à ton nom ! renchérit Maurin.

— Bats-toi ! hurlèrent les autres en chœur.

Le garçon renifla et se releva en repoussant sa mèche blonde derrière l'oreille. Il ne devait pas avoir plus de douze ou treize ans. Ses yeux noisette étaient bordés de longs cils. La peur et le désespoir se lisaient dans son regard. Bruna pensa à Pierre. Ce garçon avait l'âge de son frère. Que faisait-il avec cette bande de mercenaires ? Orphelin sans le sou,

1. Mâtin du diable : chien du diable.

mendiant, les avait-il rejoints pour bénéficier d'une protection ? Ils semblaient plutôt le traiter comme un valet... Elle devrait pourtant l'affronter.

Bruna ne s'était battue qu'une fois pour échapper à la mort et elle n'avait dû sa survie qu'à l'intervention d'Oskar. Aujourd'hui elle était seule. Personne ne viendrait à son secours. Elle se tenait à présent debout sur le sentier, face au jeune Loup. Les autres s'étaient installés en spectateurs impatients sur les rochers.

— Allez, qu'attendez-vous donc ? grogna Balthazar.

Bruna croisa le regard éploré du garçon. Il ne lui ferait pas de mal, elle en était persuadée. Il espérait qu'elle avait les mêmes intentions à son égard. Mais ils n'avaient pas le choix...

Lentement, ils se mirent à tourner l'un autour de l'autre, cherchant où frapper. Tout à coup, Loup bondit. Bruna ressentit un violent coup au ventre qui lui coupa le souffle. Dans un sursaut, elle agrippa le bras du jeune garçon penché sur elle et le tordit en arrière. Il poussa un cri de douleur. Elle profita de sa surprise pour s'emparer de l'autre bras et se tenant derrière lui, le força à se mettre à genoux. Aussitôt, des clameurs saluèrent sa victoire :

— Tue ! Tue !

Haletante, Bruna relâcha sa victime.

— Quelle bêtise de s'entre-tuer maintenant ! dit-elle. Nous en aurons tout le temps devant Castelmont, et pour de bonnes raisons !

Des cris d'approbation accueillirent ses paroles.

— Bien parlé, apprécia Balthazar le Borgne avec un large sourire. Tu es digne de la bande de Balthazar, vaillant Barnabé !

Il la prit par les épaules.

— Tu connais déjà Maurin le farceur, Eudes, Raoul et Loup contre qui tu as combattu, dit-il en désignant le garçon qui se relevait péniblement. Voici encore notre aîné, Guichard.

L'homme à la peau tannée et aux rares cheveux blancs lui adressa un signe de tête. C'était une grosse brute maussade qui ne se déridait que pour rire aux plaisanteries de Maurin.

— Allons, mes amis, coupa Balthazar. Il est temps de nous remettre en route.

Encore tremblante d'émotion, Bruna récupéra son arc et son carquois des mains de Raoul admiratif. Elle n'en revenait pas. Elle avait relevé le défi et les mercenaires l'acceptaient comme l'un des leurs ! Si Oskar avait su, lui-même aurait eu peine à croire à sa chance. Un plan s'échafaudait déjà dans sa tête. Au sein d'un groupe de guerriers, elle allait profiter d'une protection supplémentaire jusqu'à Castelmont. Elle se débrouillerait ensuite pour leur fausser compagnie et partir à la recherche d'Oskar. Elle n'avait qu'à être prudente...

— En route, valeureux compagnons ! lança Balthazar.

Le cœur soudain léger, Bruna emboîta le pas au groupe.

## 5

## UN AMI

Les voyageurs marchèrent tout l'après-midi, suivant des tronçons de sentier. Comme le soleil déclinait, ils firent une pause à l'abri d'un vallon verdoyant. Parti chercher des branches pour allumer un feu, le vieux Guichard revint le sourire aux lèvres.

— Il y a une rivière pas trop profonde en contrebas, de quoi prendre un vrai bain !

— En voilà une bonne nouvelle ! s'écria Balthazar. Nous avons bien besoin de nous décrasser.

Bruna sentit sa confiance vaciller. Les hommes allaient faire leur toilette tous ensemble. Si elle les accompagnait, elle était perdue. Il fallait trouver une excuse, et vite !

— Tu ne nous suis pas, Barnabé ?

— Je me suis lavée il y a deux jours seulement, répondit Bruna en songeant qu'il n'y avait rien de plus juste. Et puis, qui va garder nos affaires pendant ce temps ?

Balthazar la considéra un instant, interdit. Son œil gauche se rétrécit et son regard se fit plus perçant. Bruna respira profondément, tentant de calmer les battements de son cœur. Le géant borgne se doutait-il de quelque chose ?

— Eh quoi ! rit-elle. Tu veux bien de Barnabé comme compagnon de route et tu ne lui fais pas confiance ?

— On ne reste jamais seul pour surveiller les effets, répliqua Balthazar. Loup te secondera.

— Prends garde qu'il n'en profite pour se venger de sa défaite, ricana Maurin.

Bruna l'ignora et s'assit sur une pierre. Les mains moites et le cœur battant, elle réalisa qu'elle avait échappé de peu au danger. La route en compagnie de ces mercenaires ne serait peut-être pas aussi simple qu'elle l'avait cru tout d'abord... Les rires décrurent et bientôt elle n'entendit plus que le vent sur les rochers nus et les cris des choucas qui tournoyaient toujours, inlassablement, dans le ciel.

Accroupi devant elle, Loup attisait le feu d'un air morose. Ses pieds étaient enveloppés dans des tissus serrés aux chevilles par un bout de ficelle. Il portait par-dessus sa chemise une sorte de pourpoint[1] de cuir assorti au bonnet d'où s'échappait la mèche de

1. Pourpoint : au Moyen Âge, vêtement masculin qui couvrait le buste.

cheveux qu'il ramenait régulièrement en arrière d'un mouvement de tête agacé. Un poignard était enchâssé dans un fourreau de corde fixé à la ceinture.

— Est-ce ton arme de combat ? demanda Bruna pour engager la conversation.

Elle ne savait pas si le garçon lui avait gardé rancune de sa victoire et elle ne voulait pas s'en faire un ennemi par des paroles maladroites. Il la regarda par-dessous la mèche qui lui pendait devant les yeux et haussa les épaules.

— Quelle importance quand on ne sait pas se défendre à mains nues ?

La jeune femme saisit l'occasion de s'excuser.

— J'espère ne pas t'avoir blessé tout à l'heure. Ces rites d'intégration sont ridicules.

Le visage du garçon s'éclaira. Il releva la tête du feu.

— Tu trouves, toi aussi ? À mon arrivée dans le groupe, j'ai dû me battre contre Maurin. Il m'aurait fracassé la tête avec une pierre si je ne l'avais pas mordu à la main. Depuis, il m'en veut... C'est pourtant bien devant Castelmont que nous prouverons notre valeur !

Loup serrait si fort le tisonnier que la baguette de bois se brisa entre ses doigts. Malgré leurs ongles cassés et la crasse qui les recouvrait, Bruna remarqua que ses mains étaient blanches et fines.

— D'où viens-tu ? demanda-t-elle, intriguée.

Une nouvelle fois, Loup haussa les épaules.

— Nous venons tous d'un endroit qu'un malheur nous a forcés à quitter. Sinon, serions-nous devenus mercenaires, vendant nos services au plus offrant ?

— Tu as raison, répondit Bruna.

Elle pensa à Oskar qui avait pris la route à la mort de ses parents, tués par des brigands aux frontières de la lointaine Germanie... Elle-même ne serait jamais partie à l'aventure sans sa disparition. Quel malheur avait détourné Loup d'une vie meilleure ? La question mourut sur ses lèvres. La grosse voix de Balthazar résonnait dans le vallon. Loup se pencha vers elle.

— Tu ne m'as pas blessé tout à l'heure mais tu aurais vraiment pu me tuer cent fois, souffla-t-il. Merci.

Bruna le regarda, cherchant une réponse, mais il avait repris son attitude affaissée, tisonnant machinalement le feu. Eudes le délogea d'un coup de pied aux fesses.

— Va donc te laver, drôle ! Tu pues.

Le garçon s'éloigna sans protester. Au moment où il allait disparaître derrière les rochers, il se retourna. Un léger sourire passa sur ses lèvres. Bruna lui adressa un clin d'œil.

## 6

## L'hostellerie du Bœuf

La nuit fut courte. Étendue près du feu, son baluchon comme oreiller, une peau de chèvre en couverture, Bruna dormit peu, toujours sur le qui-vive, à l'écoute des ronflements et des grognements des hommes qui parlaient dans leur sommeil. Quand le ciel blanchit et que l'air frais du matin lui chatouilla le nez, elle bondit sur ses pieds. La petite troupe ne tarda pas à se remettre en route. Une nouvelle journée aveuglante de lumière et de chaleur s'annonçait.

En milieu d'après-midi, ils arrivèrent en vue d'un petit village. Au bord de la route se dressait un bâtiment au toit d'ardoises. Une enseigne grinçait au vent : *Hostellerie du Bœuf.*

— Voyons si l'enseigne ne ment pas ! s'écria Balthazar. Venez donc, vous autres.

Bruna se faufila à la suite du chef barbu dans l'embrasure de la porte. Elle donnait sur une longue pièce au sol de terre battue, faiblement éclairée par deux étroites fenêtres sans volets. De l'autre côté d'une table dressée sur des tréteaux, une grande cheminée aux montants noirs de suie abritait un feu mourant. Assise devant l'âtre, une grosse femme était occupée à se curer les dents.

— Hé, toi ! la héla Balthazar. Va prévenir l'aubergiste. Il y a là une troupe de vaillants hommes à servir.

— C'est moi la patronne ici, répliqua la femme d'une voix bourrue, et on m'appelle Renaude. Combien vous êtes et qu'est-ce que vous voulez ? continua-t-elle en les dévisageant sans aménité.

— On est sept, et si tu ne nous apportes pas plus vite un quartier de bœuf et un tonneau de vin, c'est avec ça que je te torcherai la bouche ! tonna Balthazar en dégainant sa dague.

— Bon, bon, j'y vais.

Vexée par les rires épais des mercenaires, la grosse Renaude noua les liens de son bonnet sous son triple menton et s'éloigna en se dandinant vers une porte au fond de la salle.

En quelques instants tout le monde avait pris place autour de la table. Bruna réussit à se glisser à côté de Loup, feignant de s'amuser des plaisanteries de Maurin. L'inquiétude lui asticotait le ventre. Ils allaient boire, et il lui faudrait boire comme les autres. En était-elle capable sans perdre la raison ?

Après la mésaventure du bain, il ne s'agissait plus de se faire remarquer...

Enfin l'aubergiste réapparut avec une cruche de vin. Une fille coiffée d'une longue tresse négligée et vêtue d'une chemise à moitié lacée la suivait. Il y eut quelques sifflements et Eudes lança, en lorgnant sur les lacets défaits :

— Qui est donc cette petite ?

— Ma fille, répondit la Renaude, un peu plus aimable.

— Aliette, pour vous servir, messires, dit la jeune servante en découvrant un sourire édenté.

La cruche circula entre les convives. Chacun but à la régalade. Quand vint son tour, Bruna fut soulagée de constater que le vin était très léger. Les plats arrivèrent sur la table : un quart de bœuf à la broche, des cochonnailles et une omelette au lard. Pendant que les hommes mangeaient, Aliette ne cessait de tourner autour d'eux, allant remplir la cruche au tonneau, rapportant du pain, un couteau... Chaque fois qu'elle passait près de Bruna, elle la frôlait de sa jupe ou de sa main.

— Et toi, joli mignon, n'as-tu pas encore soif ?

— Joli mignon ! s'esclaffa Balthazar, aussitôt imité par ses compères. En voilà un beau surnom pour notre Barnabé.

— Et qui lui va à ravir !

Bruna ne répondit pas, faisant mine d'être absorbée par son omelette. Comment n'avait-elle pas compris plus tôt ? C'était pourtant évident : la jeune servante la prenait pour un garçon et s'efforçait de la séduire.

Avec un nouveau sourire, Aliette s'éloigna en balançant les hanches.

— Dis, Joli Mignon, lança Eudes. Elle ne te plaît pas, la petite Aliette, que tu restes aussi froid que la lame de ma dague quand tu la vois ?

— Elle est... jolie, certes, bafouilla Bruna, mais elle n'est point à mon goût.

— Comment les aimes-tu, alors ? s'étonna Balthazar.

— Blondes, improvisa Bruna.

— Blondes ? Allons, mon coquin, on ne refuse pas les faveurs d'une femme dans notre dur métier !

— À moins qu'on préfère les faveurs des hommes, glissa Maurin.

— Des hommes ? Barnabé ?

Aussitôt, les rires fusèrent.

— Ce coquin de Barnabé ! Mais vois donc à côté de qui il est assis : Loup, notre petit valet blond !

— Tout s'explique, mes amis !

Bourrée de claques dans le dos, Bruna croisa le regard de Loup. Rougissant, il baissa la tête sur sa côtelette à peine entamée. Que pouvait-elle dire ? Si elle niait, Balthazar la pousserait vers Aliette. Mieux valait encore que les mercenaires croient ces sottises, du moins pour le moment...

Aliette revenait, toutes dents dehors.

— Hélas, ma belle, il faut vous faire une raison, lui dit Balthazar. Joli Mignon ne sera pas à vous, ni aucun de nous d'ailleurs, car il nous faut reprendre la route !

Il lança une poignée de deniers sur la table et la troupe repue se dirigea vers la porte. La grosse Renaude était visiblement soulagée de les voir partir mais Aliette les accompagna sur le seuil.

— À bientôt, j'espère, souffla-t-elle à l'oreille de Bruna.

— Adieu, répondit la jeune femme sans se retourner.

Elle courut rejoindre le groupe. Loup marchait déjà loin devant, entre Guichard et Eudes. Se pouvait-il qu'il eût cru Maurin et qu'il cherchât à l'éviter ? C'était bien possible, malheureusement... Il fallait pourtant qu'elle lui parle.

— Joli Mignon ! lança Raoul d'une voix chantante. Marchons un peu ensemble. J'aimerais entendre ton histoire. D'où viens-tu ?

Bruna le rejoignit à contrecœur. Joli Mignon ! Ce surnom ridicule la suivrait certainement jusqu'à la fin de leur voyage. Elle espérait qu'il n'en serait pas de même pour cette stupide histoire imaginée par Maurin à l'auberge... Heureusement, Raoul semblait l'avoir oubliée. Bruna se lança dans un récit qui la faisait tour à tour orpheline, apprentie chez un forgeron puis mercenaire errant. Raoul ne pouvait pas se douter de l'émotion qui l'étreignait tandis qu'elle parlait. Elle s'était approprié l'histoire d'Oskar.

Au fil de la route, les paroles se firent plus rares, les hommes économisant leur souffle sous le soleil brûlant. Quand le crépuscule commença à étendre ses ombres violacées sur les rochers, ils cherchèrent un endroit où bivouaquer à l'abri du vent. Ils trouvèrent une grotte qui devait servir de chapelle aux voyageurs. Un Christ de bois était fixé dans une niche taillée à même la pierre. Balthazar suspendit ses armes au cou de la statue et tout le monde s'installa du mieux qu'il put pour la nuit. Bruna constata avec joie que ses compagnons de route ne songeaient plus à l'épisode de l'auberge. Elle suivit Loup parti chercher du bois pour le feu. Il sursauta en l'entendant arriver.

— Je ne voulais pas te faire peur, dit-elle pour s'excuser. J'espère que tu n'as pas cru Maurin, tout à l'heure à l'auberge.

— Bien sûr que non ! se récria Loup. Maurin cherche toujours à me nuire depuis mon combat d'initiation. Tu sais, poursuivit-il à voix basse, j'étais valet à Malemort. Je suis tombé amoureux de la fille du seigneur et c'est pour cela que j'ai été chassé. Elle n'avait rien à voir avec cette Aliette.

— Sans doute, dit Bruna.

Ainsi, ils se comprenaient. Elle en fut soulagée. Loup lui faisait plus que jamais penser à Pierre. Elle eut le cœur serré en pensant à son frère. Cela faisait maintenant trois jours qu'elle avait quitté la bergerie. Avait-il compris ?

— Eh bien, Barnabé ? s'enquit Loup, intrigué. Tu ne dis plus rien ? Donne-moi un peu de ton bois, que je t'aide à le porter.

Furtivement, Loup pressa l'épaule de la jeune femme.

— Tu es un vrai ami, Barnabé.

Bruna ne put s'empêcher de sourire. S'il avait la vérité, en dirait-il autant ?

— Toi aussi, Loup, répondit-elle.

La voix rauque de Guichard leur parvint, agacée :

— Alors, il vient, ce bois ?

Bruna pouffa.

— Ne tardons pas, ou Maurin va être persuadé qu'il a vu juste !

## 7

## UNE OMBRE SUR LA RIVIÈRE

Bruna regarda prudemment autour d'elle. Recroquevillé sous sa peau de chèvre, Loup dormait la bouche ouverte. De l'autre côté du feu mourant, la bedaine de Balthazar se soulevait et s'abaissait au rythme de ses ronflements. Les autres gisaient, immobiles, de toute évidence plongés dans un profond sommeil.

Silencieusement, la jeune femme se coula hors de sa couche. La fraîcheur de la nuit la saisit. Au même moment la douleur se réveilla, lui laminant le bas-ventre. Dans la journée, alors que les routiers s'arrêtaient à tour de rôle pour se soulager au bord du chemin, elle n'avait pu s'isoler qu'une seule fois sans risquer de susciter des questions et d'éveiller des soupçons.

Elle courut jusqu'à un buisson de genévriers. Un croissant de lune brillait, étincelant de blancheur dans le ciel pur. Il ne devait pas être loin de minuit et bien que la nuit fût tombée fort tard, la chaleur du jour s'était rapidement dissipée. Bruna se rhabillait en frissonnant et allait quitter le buisson quand un léger gargouillis attira son attention. Elle regarda par-dessus son épaule. À quelques pas derrière elle, des rochers couverts de mousse s'éboulaient en pente douce jusqu'à un torrent. Un homme se tenait accroupi sur la rive opposée.

Bruna se figea. Elle aurait pu le confondre avec un rocher, car il était vêtu d'une cape et d'un chapeau sombres. L'inconnu se tenait dans le clair de lune, son visage imberbe et ses yeux tournés vers elle. Depuis combien de temps était-il là ? L'avait-il vue ôter ses vêtements ? Elle remarqua le léger sourire qui étirait les commissures de ses lèvres et une sueur froide lui mouilla le dos. Il savait.

L'homme se redressa tranquillement, récupéra la gourde posée sur la berge et disparut derrière les rochers. La bouche sèche, Bruna réfléchissait à toute vitesse. Peut-être allait-il traverser le torrent un peu plus loin ? Affolée, elle regarda autour d'elle. Mais l'homme semblait s'être volatilisé. Les jambes flageolantes, elle regagna le camp le plus vite qu'elle put.

Le crissement des cailloux sous ses pieds alerta Balthazar qui se redressa en grognant.

— Qui va là, nom de Dieu ?

— C'est moi, Barnabé. Je rallume le feu.

Elle hésita un instant, puis se lança. Les autres devaient savoir.

— J'ai vu un homme au bord du torrent, en contrebas.

— Vrai ? s'écria Raoul. C'est sans doute un mercenaire en quête d'aventure, comme nous. Nous sommes sur la route de Castelmont...

— Peut-être... mais s'il n'était pas seul et venait à nous chercher querelle, je préfère veiller pour garantir notre sécurité, objecta Bruna.

— Comme il te plaira, Joli Mignon, bâilla Balthazar. Moi, je dors. Nous avons encore du chemin à parcourir jusqu'à Castelmont.

Et il tourna le dos au feu. Bruna continua d'attiser les braises d'une main fébrile. Dérangé par la grosse voix de Balthazar, Loup avait fini par ouvrir les yeux.

— Que se passe-t-il ?

— Rien d'important, mentit Bruna. Dors...

Elle, elle savait qu'elle ne dormirait plus cette nuit-là.

# 8

## L'ATTAQUE

— Eh bien, Barnabé ! Encore à la traîne ? Balthazar venait de se planter au milieu du chemin, dégoulinant de sueur.

— Il n'a presque pas dormi de la nuit, hasarda timidement Loup.

— On dirait que notre ami a vu un revenant hier, ricana Maurin. Hé, Joli Mignon ! Sais-tu que les esprits s'évaporent au lever du jour et que tu peux arrêter de te retourner à chaque instant comme si tu étais suivi par l'un d'eux ?

Bruna s'arracha à son observation à contrecœur et rejoignit le groupe sous les rires et les quolibets. Ce n'était pas la peine d'expliquer qu'ils étaient effectivement suivis. Aucun de ses compagnons ne l'aurait cru.

Elle avait veillé le restant de la nuit, c'était vrai. Ses yeux lui piquaient, elle ressentait des élancements douloureux dans tout le corps et sa tête lui pesait. Elle se serait bien allongée à l'ombre d'un arbre pour se reposer, ne serait-ce qu'un instant, mais il fallait continuer à avancer. Elle aurait aimé que Maurin ait raison, que les silhouettes qu'elle avait surprises en train de se glisser entre les rochers au-dessus du sentier derrière eux, puis ce nuage de poussière tombant de la montagne, comme soulevé par le passage de chevaux, ne soient que des mirages dus à son manque de sommeil et à la morsure du soleil de midi. Mais elle revoyait l'homme en noir au bord du torrent, la veille, son sourire entendu. Et tout son corps se tendait comme celui d'une chèvre sentant l'odeur du loup. Elle ramena son arc devant elle, effleurant au passage la hampe des flèches bien rangées dans leur carquois. Cela la rassura un peu.

— J'ai faim, décréta Balthazar. Trouvons un endroit tranquille où manger et nous reposer.

Ils quittèrent le sentier et descendirent vers un vallon verdoyant baigné par les eaux d'un torrent. Les hauteurs de la montagne devenaient moins abruptes. Castelmont ne devait plus être qu'à un jour ou deux de marche. Bientôt, le vallon s'ouvrirait et la vallée apparaîtrait avec de l'autre côté, dressé sur un piton rocheux, le château tant convoité... Bruna s'assit avec soulagement au bord du cours d'eau. Ils étaient tout proches de leur but. Pouvait-il leur arriver malheur à présent ?

— L'endroit grouille de poissons. Et si j'en attrapais quelques-uns ? proposa Eudes en brandissant son maillet.

— Va pour le poisson ! s'écria Balthazar.

Guichard avait déjà assemblé trois grosses pierres plates pour le foyer.

— Loup ! appela-t-il. Bouge tes fesses et cours me chercher du bois.

Il y eut un grand bruit d'éclaboussures. Loup et Bruna se retournèrent en même temps pour découvrir Guichard, tombé à la renverse dans l'eau. Une flaque rouge s'élargissait autour de sa tête transpercée d'une flèche.

— À moi ! gémit une voix étranglée.

C'était Raoul qui s'effondrait à son tour sur la rive, touché à la poitrine. Bruna vit confusément Balthazar et Eudes saisir leurs maillets tandis que Maurin dégainait sa dague. Des cavaliers venaient de surgir du vallon, armés de lances et d'épées. Bruna évita une nouvelle pluie de flèches. Elle roula vers Loup qui se dressait seul, hébété, son ridicule poignard au poing.

— Couche-toi, vite ! s'entendit-elle hurler tandis qu'elle ajustait une flèche.

Le trait atteignit un cavalier à la cuisse et le désarçonna. Bruna pivota aussitôt, visant un autre assaillant. La flèche se brisa sur son bouclier. Elle entendit alors le bruit d'une course précipitée dans son dos. Au moment où elle se retournait, elle ressentit une douleur fulgurante à la tête. Un voile noir glissa devant ses yeux et elle n'entendit plus rien.

9

# Captifs !

Bruna fut réveillée par un mal de tête lancinant. La première chose qu'elle vit en ouvrant les yeux fut ses mains liées sur sa poitrine. Des traces de sang séché maculaient le devant de sa chemise. Elle se redressa en grimaçant. Elle se trouvait dans une tente, étendue sur une couche de branchages recouverte d'une peau d'ours miteuse. En face d'elle, à côté d'un feu couvant dans un trou, Loup la dévisageait, affalé par terre, ses cheveux blonds en bataille, ses mains et ses pieds entravés par une corde. La tente ne contenait aucun autre mobilier que leurs deux paillasses. Ils étaient seuls.

Elle fit un effort pour se rappeler quelque chose, mais ses pensées étaient confuses, comme noyées dans un brouillard.

— Loup ? balbutia-t-elle. Que s'est-il passé ? Où sommes-nous ?

— Quelque part sur les terres de Castelmont, répondit le jeune garçon d'une voix brisée. Nous avons marché tout l'après-midi. Tu t'es blessée au front en tombant au bord du torrent, rien de grave. Il sait juste que tu es une femme, mais il ne t'a rien fait, je peux en jurer.

— Il ? répéta Bruna, complètement perdue. Qui, il ? Où sont Balthazar et les autres ?

— Ces bâtards régalent les poissons dont ils allaient faire leur repas !

Un homme venait d'apparaître dans la tente. Il était chaussé de bottes de cavalier et vêtu d'un grand manteau de drap sombre. Ses cheveux bruns tombaient sur ses épaules. Dans son visage imberbe à la peau mate, deux yeux d'un vert d'eau brillaient intensément. Bruna resta sans voix. C'était l'homme de la rivière.

Un sourire amusé passa sur les lèvres de l'inconnu.

— Je suis heureux de te voir enfin réveillée, dit-il galamment. Je vois que tu m'as reconnu. À moi donc de me présenter : Chrétien de Bâle, aide de camp d'Harold, seigneur de Castelmont. Et toi, quel est ton nom ?

— Lâche ! hurla Loup.

Il voulut bondir mais, déséquilibré par ses mains entravées, il retomba sur le sol avec une grimace de douleur.

— Lâche ! répéta-t-il d'une voix brisée par un sanglot. Trahir ainsi mon frère !

— Holà l'écuyer ! rit Chrétien en le toisant avec complaisance. J'ai aujourd'hui la place qui aurait dû me revenir il y a longtemps : celle d'un chevalier, et non celle de l'intendant minable dans laquelle ton cher frère semblait vouloir me maintenir à vie.

Bruna les considérait, hébétée. Les éclats de voix résonnaient douloureusement à ses oreilles, incompréhensibles.

— Loup ? bredouilla-t-elle. Mais... de quoi parlez-vous ?

Chrétien se tourna vers elle, la toisa un instant et finit par éclater de rire.

— Quoi ? Comment t'a-t-elle appelé ? Ne me dis pas qu'elle ne sait pas qui tu es ?

Loup se cacha le visage dans les mains. Chrétien se rapprocha lentement de Bruna.

— J'étais occupé avec mes hommes à prélever les impôts de notre bon seigneur sur les terres de Peyrefitte, commença-t-il d'une voix sourde, quand j'aperçois une bande de mercenaires qui marche en direction de Castelmont. En y regardant de plus près, qui vois-je ? Nul autre que le frère cadet de ce brave Arnaud de Castelmont qui régna autrefois sur ces terres, et dont la tête trône aujourd'hui au bout d'une pique ! Je me dis que la présence à Castelmont de ce cher Aubin sera fort utile quand les armées croisées s'y présenteront. Ce que j'ignorais, c'est qu'il serait défendu par un curieux garde... une femme déguisée en mercenaire, qui mettrait à mal un de mes hommes en jouant de l'arc et des flèches ! Qui es-tu ? hurla-t-il.

Bruna ne répondit pas. Ses yeux étaient fixés sur Aubin qui pleurait doucement. Aubin, frère et héritier d'Arnaud de Castelmont. Voilà qui expliquait les mains délicates du jeune garçon, ses paroles mystérieuses, sa différence. Ainsi, sans le savoir, ils s'étaient menti l'un à l'autre ! Un élan d'affection lui réchauffa le cœur.

— Je suis désolée, Aubin, souffla-t-elle. Mon mari était un homme d'armes de Roquemaure. Il a disparu lors du siège de Castelmont et, comme toi, je n'avais pas d'autre choix que de me déguiser pour partir à sa recherche.

Il lui sembla que le jeune homme redressait la tête. Chrétien quant à lui rejeta la sienne en arrière dans un nouvel éclat de rire.

— Et tu espérais le retrouver ? Pauvre fille ! Ton mari est mort. Nous n'avons eu aucune pitié. Mais tu ne resteras pas veuve longtemps, poursuivit-il avec un affreux sourire en coin. Demain, j'organise un tournoi, rien que pour toi et moi. Nous verrons qui est le meilleur au tir à l'arc. Prends garde, car si je gagne, tu deviendras ma femme.

Bruna le regarda, les yeux emplis d'horreur. Elle comprenait maintenant pourquoi sa vie avait été épargnée.

— Je me tuerais plutôt, répliqua-t-elle.

— C'est ce qu'on verra ! jeta Chrétien.

Et il quitta la pièce en riant.

Bruna se retrouva face à Aubin dans les lueurs du feu mourant. Aucune lumière ne filtrait par la toile de tente. Il devait faire nuit. Néanmoins, elle croisa le regard du jeune garçon.

— Tu ne vas pas te donner la mort, dit-il d'une voix où perçait l'angoisse. C'est pécher !

— Dieu me jugera donc comme je le mérite, répondit Bruna, étonnée par sa propre détermination. De gré ou de force, je n'aurai aucun autre homme qu'Oskar sur cette terre.

— Comment feras-tu ? Ce traître de Chrétien nous a pris nos armes...

— Je ne sais pas, avoua Bruna. Mais je trouverai.

Le silence retomba. Bruna reposa la tête sur le poil rêche de la couverture. Le sang battait contre sa blessure, mais cela n'avait plus d'importance. Le voyage s'arrêtait là. Elle ne reverrait jamais Oskar. Elle ferma les yeux et tenta de revoir son visage. Sa vue était brouillée. Elle comprit qu'elle pleurait. La voix d'Aubin lui parvint comme dans un rêve.

— Tu avais raison, il nous suivait depuis le début. J'avais quitté Malemort et ma condition d'écuyer deux semaines auparavant, je ne pensais pas qu'on puisse me reconnaître dans ces vêtements et sous cette saleté...

— J'avais remarqué tes mains blanches, sourit Bruna à travers ses larmes.

— Pff ! souffla le garçon. Quelle importance maintenant que je sais que ce voyage n'aura servi à rien. Ils sont tous morts, mon frère, sa femme et même ma sœur Fanélie. Trahis par cette crapule de Chrétien ! Voilà comment les défenses de Castelmont sont tombées si rapidement sous les coups des brigands ! Je n'ai jamais aimé ces airs sournois qu'il prenait avec mon frère.

Il se prit la tête dans les mains.

— C'est fini. Je n'ai plus qu'à mourir, moi aussi.

— Non, objecta Bruna sans conviction. L'armée de Bertrand de Toulouse ne devrait pas tarder. Il y a encore de l'espoir pour Castelmont et pour toi.

— Bertrand de Toulouse ? Ce ne sont que des rumeurs ! Personne ne peut plus sauver Castelmont.

Aubin ravala un sanglot.

— Je voulais quand même te remercier pour tout ce que tu as fait pour moi, souffla-t-il.

Bruna rouvrit les yeux. Le feu était complètement éteint et Aubin n'était plus qu'une forme imprécise recroquevillée dans un coin de la tente.

— Je n'ai rien fait, murmura-t-elle.

— Il n'y a qu'une chose que tu n'as pas faite, Barnabé, répliqua Aubin. Dire ton vrai nom.

— Je m'appelle Bruna, répondit-elle. Bruna le Germain.

Elle referma les yeux. Derrière ses paupières, le visage d'Oskar avait disparu.

# 10

## Les cavaliers à la croix d'or

Le crépitement du feu tira Bruna du sommeil. Chrétien de Bâle jetait des fagots dans le foyer éteint. Deux morceaux de viande rôtie et une miche de pain étaient posés dans une écuelle de terre cuite à ses pieds.

— Maître de Bâle apporte en personne la nourriture à ses prisonniers, ironisa Aubin du fond de la tente.

La décision de mourir lui avait redonné du courage. Chrétien eut un sourire moqueur :

— Je ne souhaite pas que mes hommes découvrent la véritable valeur de nos otages, dit-il avec un clin d'œil appuyé pour Bruna.

Elle détourna la tête, dégoûtée.

— Et comment voulez-vous que nous mangions, ainsi ligotés ? objecta Aubin.

— Je vais vous délier les jambes car deux de mes hommes gardent cette tente et vous n'iriez pas bien loin s'il vous venait la mauvaise idée d'essayer de vous échapper. Mais pour le reste, vous devrez vous arranger ! Bon appétit, chers hôtes !

Il sortit avec un sourire amusé.

— Je ne mangerai pas, décréta Aubin en repoussant du pied la gamelle de viande. À quoi bon manger, puisque nous allons mourir ?

Bruna se traîna jusqu'au feu.

— Prends un peu de pain, dit-elle. Il y a encore de l'espoir pour toi.

— Non ! hurla Aubin. C'est fini ! Fini !

Le coin de la tente se souleva et un garde passa sa tête casquée dans l'ouverture.

— Qu'est-ce donc que ce raffut ?

Aubin allait répliquer, les joues en feu, mais il se figea. Des cris d'alerte résonnaient au-dehors, tandis qu'un galop furieux montait vers eux. Le garde se précipita à l'extérieur.

— Par le cul Dieu !

Bruna et Aubin entendirent un cri étouffé et le bruit d'un corps qui heurte le sol. Deux lames s'entrechoquèrent violemment. Passé un premier moment de stupeur, la jeune femme sauta sur ses pieds.

— Aubin, partons, vite !

Le tirant par ses mains ligotées, elle aida le garçon à se relever.

— Par là !

Tournant le dos à l'entrée de la tente où le combat se poursuivait au milieu du piétinement et du hennissement des chevaux, ils se faufilèrent dehors par l'arrière. Le campement était assailli de tous côtés par de mystérieux cavaliers, armés de boucliers frappés d'une croix dorée.

Fuyant le combat, Bruna et Aubin plongèrent dans la nuit, courant le plus vite qu'ils pouvaient. Le ciel était encombré de nuages et la lune voilée donnait un halo de clarté diffuse.

— Là-bas ! c'est le bois du Moulin, dit la voix essoufflée d'Aubin. Nous ne sommes pas très loin de Castelmont.

Bruna écarquilla les yeux. Elle ne voyait qu'une vague masse sombre sous le ciel encore plus noir et l'air commençait à lui manquer. Un élancement violent à la tête la déséquilibra. Elle tomba.

— Bruna !

Aubin revint sur ses pas en courant, la releva et la fit asseoir dans un trou d'herbe humide. Elle avait envie de vomir et posa la tête sur l'herbe.

— Continue, souffla-t-elle à son ami. Je te rejoindrai au lever du jour.

— Impossible ! Ils vont te trouver ici. Nous sommes dans un fossé au bord d'un chemin. Nous allons reprendre des forces et repartir dès que tu te sentiras mieux.

— D'accord, dit Bruna.

La nausée avait disparu, les élancements à la tête s'espaçaient. Sans s'en rendre compte, elle glissa dans le sommeil.

Bruna s'éveilla avec la désagréable sensation qu'on la touchait. Elle imagina le sourire avide de Chrétien de Bâle et détendit la jambe d'un geste brusque.

— Holà ! intervint une voix impérieuse. Laisse-toi faire, jeune fille, ou nous te laissons à ton sort. Tu es blessée. Nous essayons juste de t'aider.

Bruna entrevit le visage sévère d'une femme voilée de noir et elle replongea dans la nuit.

11

## L'hospice Sainte-Marie

— De cette créature à courte chevelure, ni dame ni damoiseau, mon cœur pourrait s'éprendre, s'il n'était lié à Érato[1].

Bruna ouvrit les yeux. Une odeur de paille fraîche lui picotait le nez. Penché sur elle, un curieux personnage, vêtu d'un surcot[2] rouge sang la dévisageait ardemment.

— Je vous souhaite le bonjour, jeune demoiselle, reprit-il en s'inclinant.

Il portait une épaisse tignasse brune, creusée au sommet de la tête par une blessure à peine cicatrisée.

1. L'une des neuf filles de Zeus et Mnémosyne, Érato, « l'Aimable » en grec, était à l'origine la muse de la poésie amoureuse. À l'âge classique, elle est devenue la muse de l'art lyrique et choral.

2. Surcot : sorte de robe portée au-dessus des autres vêtements au Moyen Âge.

— Damien Bonnefoy, jongleur[1] de son état, pour vous servir, poursuivit-il. De tristes sires m'ont malmené sur le chemin de Castelmont où j'espérais donner une aubade, pour me dérober ma vielle[2] et le peu d'argent que je possédais. Et vous, quelle mésaventure vous a conduite en ces lieux ?

— Que faites-vous dans la salle des femmes, maître Bonnefoy ? coupa une voix agacée. Retournez donc à votre lit !

Bruna, encore hébétée par les paroles du jongleur, vit apparaître une jeune nonne au visage pâle et aux grands yeux verts, qui lui sourit.

— Bonjour, Bruna. J'espère que notre poète ne vous a pas trop importunée. Il passe son temps à se promener et nous ne pouvons le surveiller constamment.

Bruna essaya de se redresser. Une vive douleur aux coudes lui arracha une grimace. Elle se rappela le rire sarcastique de Chrétien de Bâle, l'attaque des cavaliers à la croix d'or puis sa fuite avec Aubin, les mains liées et la peur au ventre, sa chute sur le chemin...

1. Jusqu'au XIIe siècle, les jongleurs sont des artistes itinérants qui chantent ou récitent des œuvres littéraires ou de la poésie, composées par des troubadours. Ils se livrent également à des manipulations d'objets, à des acrobaties et montrent des animaux savants.

2. La vielle est un instrument de musique à cinq cordes et à archet typique du Moyen Âge.

Elle portait une chemise propre. Ses coudes écorchés étaient pansés et ses mains, qui montraient de vilaines meurtrissures aux poignets, avaient été lavées. Elle ne ressentait plus qu'un léger élancement du côté de la tête.

La religieuse s'assit au bord de son lit pour vérifier ses blessures. Toujours souriante, elle répondit à sa question muette :

— Vous êtes à l'hospice du couvent Sainte-Marie de Castelmont. Je suis sœur Namadie, et c'est moi qui me suis occupée de vous. Un berger vous a découverts avec votre ami dans un fossé, ce matin.

— Aubin, souffla Bruna. Comment va-t-il ?

— Très bien. Il se repose dans la salle voisine. Il nous a tout raconté.

Bruna se laissa retomber sur sa couche. Ainsi, elle était arrivée à Castelmont. Elle avait trompé la mort, une fois de plus. Mais elle était blessée et, plus grave, démasquée. Sœur Namadie replaça le pansement sur son front avec des gestes doux et se leva.

— Vous devez avoir faim. Je reviens vous apporter un bol de soupe.

Elle se retourna avant de franchir la porte.

— N'ayez crainte. Vous êtes en lieu sûr ici.

Bruna écouta son pas s'éloigner dans le couloir. Avait-elle bien entendu ? Le couvent échappait-il au contrôle des troupes d'Harold le Balafré ? Ou les sœurs lui résistaient-elles ? De toute évidence, sœur Namadie ne la trahirait pas. Et elle ne la blâmerait pas non plus pour ce qu'elle avait fait. Se couper les cheveux, endosser des habits d'homme et courir les chemins en compagnie de mercenaires, même pour une bonne raison... Bruna réalisait à présent ce que cela pouvait avoir de répréhensible et de dangereux. Combien de fois avait-elle failli être découverte ? Sans l'attaque surprise de ces mystérieux cavaliers, elle serait maintenant la femme de Chrétien de Bâle, à moins d'avoir trouvé le moyen de retourner une flèche contre elle !

Tremblante, la jeune femme remonta la peau de chèvre sous son menton. Il faisait froid dans la salle. Sous le plafond voûté dont la cime se perdait dans l'ombre, quelques torches complétaient la maigre lumière dispensée par d'étroites fenêtres percées dans la muraille.

Elle n'y avait pas prêté attention tout d'abord, mais elle n'était pas seule. Des femmes vêtues de haillons ou d'une simple chemise gisaient sur des paillasses ou sur des bancs de pierre, parfois à même le sol. Des moniales allaient et venaient, prodiguant soins et paroles réconfortantes, priant parfois avec les malheureuses.

— La plupart sont des mendiantes.

Sœur Namadie, de retour auprès de Bruna, lui tendit une écuelle de soupe et de pain noir.

— Aubin vous a-t-il expliqué pourquoi je suis venue jusqu'ici ? demanda Bruna. Mon mari...

Elle se mordit la lèvre. Elle avait failli parler d'Oskar au passé. Pourtant, quelque chose en elle se révoltait encore à cette idée.

— Mon mari est grand, reprit-elle fermement. Il est blond et porte une cicatrice sur la joue. Son nom est Oskar. Oskar le Germain, car il est né en Germanie.

Sœur Namadie hocha la tête avec compassion.

— Je vous aiderai.

— Est-ce vrai ? s'écria Bruna. Vous pouvez faire quelque chose pour moi ?

— Je vous promets que je vous aiderai, reprit la nonne. Mais seulement quand vous aurez mangé et repris des forces.

Bruna comprit qu'il ne servait à rien d'insister. Après tout, sœur Namadie avait raison. Elle n'avait pas mangé depuis plusieurs jours, et elle comprit que la douleur qui lui déchirait le ventre était la faim. Sous le regard bienveillant de la jeune religieuse, elle dévora la soupe de pois cassés et le pain fourré d'une tranche de lard.

— Reposez-vous, à présent.

Bruna regarda la moniale s'éloigner sans protester. Malgré son excitation, une douce torpeur la gagnait. Elle ferma les yeux...

Quand elle les rouvrit, le soleil éclairait en plein les fenêtres de l'hospice, baignant la salle des femmes d'une lumière dorée. Les vêpres sonnaient au clocher de l'église. Elle guetta les pas des religieuses qui s'en revenaient de l'office. Sœur Namadie parut dans la salle et vint aussitôt vers elle.

— Vous avez l'air reposé, sourit-elle. Cela me va.

Elle déplia une longue robe à capuchon qu'elle posa sur la couche de Bruna.

— Vous sentez-vous de faire quelques pas dehors ?

Le cœur battant, la jeune femme endossa le vêtement.

## 12

## DANS LE JARDIN DES ROSIERS GRIMPANTS

Bruna suivit sœur Namadie hors de la salle, le long d'un couloir obscur éclairé par des torches. Elles débouchèrent dans un cloître désert.

— Par là, souffla la moniale.

Elle désignait un petit escalier de pierre, taillé entre deux hauts murs, au bout de la cour.

— Allez, dit-elle encore. Je vous retrouverai plus tard.

Poussée dans l'étroit passage sans réussir à en apprendre davantage, Bruna gravit les degrés qui conduisaient au jardin du couvent. Là, dans la lumière déclinante, plantes et fleurs mêlaient leurs parfums d'épices à l'air chargé d'une poussière dorée.

La jeune femme s'arrêta, hésitante. Comme le cloître, le jardin était désert. Quelque part, de l'eau coulait en clapotant. Elle reprit sa marche sans conviction. Pourquoi sœur Namadie l'avait-elle conduite là ? Devait-elle y retrouver quelqu'un ? Pourquoi tant de mystères ?

L'allée de terre battue aboutissait à une fontaine de pierre. L'arrivée de Bruna dérangea deux colombes qui s'enfuirent à tire-d'aile. À la vue de ces oiseaux, un pressentiment l'assaillit et les battements de son cœur redoublèrent. De l'autre côté d'un plant d'aloès, elle aperçut une silhouette vêtue d'un long manteau de bure tout rapiécé. Le promeneur se tenait immobile devant un buisson de rosiers grimpants.

Bruna s'immobilisa au milieu de l'allée, le souffle coupé. Le bruit de ses pas avait alerté l'individu qui se retourna. Il tenait une rose blanche dans ses mains. Même sans cela, elle l'aurait reconnu entre mille.

Oskar baissa son capuchon. Ses cheveux blonds, naguère longs, se dressaient sur sa tête, coupés ras. Dans son visage creusé, ses yeux si bleus semblaient rentrés dans leurs orbites. Bruna resta figée, muette, devant ce regard douloureux. Son mari l'avait-il reconnue ?

— C'est moi, Bruna, dit-elle au bout d'un moment.

— Tu es blessée, répondit Oskar.

C'est alors qu'elle remarqua une plaie au cou et une autre derrière l'oreille qui commençaient tout juste à cicatriser.

— Toi aussi ! cria-t-elle.

— Moi, ça n'a pas d'importance, répliqua-t-il. Mais toi ! Pourquoi as-tu pris tant de risques ? Aubin m'a tout raconté. Tu aurais pu mourir !

Oskar la serrait à présent dans ses bras et Bruna sentit quelque chose de mouillé dans son cou. Il pleurait. Elle fut prise d'un rire incontrôlable. Elle avait réussi ! Elle l'avait retrouvé ! Et il était vivant.

— Te moquerais-tu de moi, par hasard ? fit mine de s'indigner Oskar. Couper tes cheveux t'a rendue un peu folle, on dirait...

— Peut-être bien ! rit Bruna. Viens.

Elle l'entraîna vers un banc de pierre près de la fontaine. Il grimaça en s'asseyant.

— Une blessure à la cuisse, dit-il simplement.

— Je sais, murmura Bruna, en repensant à la terrible plaie de son rêve.

Il la regarda avec surprise. Elle balaya son interrogation d'un geste.

— Raconte-moi tout.

Il soupira. Une ombre passa sur son visage, le vieillissant encore plus.

— Quand nous avons été pris à revers, je me suis retrouvé coincé avec Messire Bernard, Pierre et quelques compagnons dans les rues du bourg, derrière la première enceinte. Nous nous sommes défendus avec courage mais très vite, nous avons été encerclés. Blessé à la jambe et désarmé, je n'ai pas pu suivre ceux qui se repliaient. J'ai vu courir des ennemis dans ma direction et je me suis réfugié sous un porche. La porte dans mon dos devait être mal fermée. Je suis tombé à la renverse dans une boutique, entre deux marchands de vin. Je n'ai pas eu le temps de me redresser, que, me tirant chacun par un bras, ils me faisaient entrer dans leur cellier, en m'intimant l'ordre de me taire. Aussitôt après, les ribauds enfonçaient la porte et les questionnaient durement à mon sujet. Je ne sais pas ce que mes sauveurs leur ont raconté, mais ils s'en sont allés peu de temps après, non sans avoir pillé leur vin.

Soigné et nourri, Oskar avait gagné l'hospice quelques jours plus tard, caché au milieu des tonneaux de vin que les commerçants livraient au couvent. Les habitants de Castelmont avaient ainsi sauvé la vie d'une vingtaine d'hommes en les cachant et en les conduisant hors des remparts de la ville, à l'hospice où ils étaient soignés sous l'apparence de mendiants.

— C'est un miracle. Les bandits n'ont pas fait de prisonniers. Les survivants blessés ont tous été massacrés.

De nouveau, Oskar enlaça Bruna.

— Seul et sans armes, dans cette rue grouillant d'ennemis... J'ai bien cru ne jamais te revoir.

— Moi aussi. Mais tu es sauf et je suis là, dit Bruna en frissonnant au souvenir de ses propres aventures. Nous allons pouvoir rentrer chez nous et laisser le comte de Toulouse régler cette affaire.

— Le comte de Toulouse ?

— Tu ne savais pas ? s'étonna Bruna. On le dit en route avec toute son armée pour assiéger Castelmont.

— On le dit, souligna Oskar. Ce n'est peut-être qu'une rumeur...

— Ce n'est pas une rumeur, intervint une voix. Ils sont à moins de deux lieues d'ici.

Bruna et Oskar se retournèrent. Aubin venait dans leur direction, accompagné d'une nonne à l'allure sévère. Bruna se rappela le visage penché sur elle dans le fossé alors qu'elle pensait se débattre contre un nouvel ennemi.

— Je suis heureuse de vous voir sur pied, jeune dame, dit la nonne d'un ton chaleureux qui contrastait avec la dureté de ses traits. Je suis sœur Vérène, la mère supérieure de ce couvent. Je vous laisse en compagnie d'Aubin, qui a beaucoup à vous dire.

Bruna avait bondi du banc.

— Aubin !

Elle s'arrêta à quelques pas de lui. Il avait beau être habillé comme elle d'un pauvre manteau rapiécé, elle connaissait désormais son nom et sa noblesse. Mais le jeune garçon lui prit les mains et les serra entre les siennes.

— Quel bonheur de te voir saine et sauve. Je n'ai cessé toute la matinée de demander de tes nouvelles à sœur Namadie.

— Nous avons eu beaucoup de chance, tous les deux. Que disais-tu à propos du comte de Toulouse ?

Aubin rejoignit Oskar sur le banc. Ses lèvres étaient serrées et une ombre d'inquiétude assombrissait son visage.

— Bruna, te rappelles-tu le blason des cavaliers qui ont attaqué le camp, hier soir ?

— Une croix dorée...

— ... sur fond rouge, compléta Aubin. Ce sont les couleurs des comtes de Toulouse. Ces cavaliers étaient certainement des éclaireurs envoyés pour repérer les terres en avant de Castelmont. Ils sont tombés sur le camp de Chrétien, peut-être même nous pistaient-ils depuis plusieurs jours pour essayer de faire des prisonniers. Si je ne me trompe pas, ils seront ici demain soir, au plus tard.

— Voilà une heureuse nouvelle ! s'écria Bruna. Pourquoi donc es-tu si sombre ?

Aubin soupira.

— Je viens d'apprendre de sœur Vérène que Fanélie, ma jeune sœur, a été épargnée. Harold le Balafré compte l'épouser sous huitaine pour légitimer sa position. Tu comprends que si l'armée du comte de Toulouse met le siège devant Castelmont, il s'en servira comme otage et sa tête finira tôt ou tard au bout d'une pique, à l'entrée de la ville.

Le visage dans les mains, le jeune homme retenait ses larmes. Bruna regarda Oskar. Il fixait Aubin intensément, signe qu'il réfléchissait à une solution.

— Il faut pourtant bien reprendre Castelmont, dit doucement Bruna. Ne penses-tu pas que ta sœur pourrait être épargnée une seconde fois ?

Aubin s'accrocha à son bras.

— Bruna, tu m'as sauvé la vie, je t'en supplie, aide-moi encore ! Je pensais qu'Oskar et toi accepteriez de me soutenir. J'ai retrouvé ici plusieurs gardes de Castelmont que les sœurs ont recueillis. Les villageois détestent ces brigands qui ne cessent de les rançonner, d'humilier les hommes et de malmener les femmes et les enfants. Ils nous aideront s'ils le peuvent. Nous allons nous réunir ce soir pour tâcher de trouver un moyen d'agir sans mettre ma sœur en danger.

Bruna, désespérée, ne répondit pas. Aider Aubin, elle l'avait déjà fait et elle était prête à le faire encore. Mais ne se rappelait-il pas qu'elle avait voyagé jusqu'à Castelmont pour retrouver son mari ? Maintenant, elle ne souhaitait plus qu'une chose : regagner Roquemaure au plus vite, revoir Pierre et son grand-père Aloïs. Elle se tourna vers Oskar, cherchant son soutien. Peut-être saurait-il trouver les mots pour parler à Aubin.

— C'est entendu, lâcha Oskar. Nous restons.

## 13

## Réunion

— Pourquoi as-tu accepté ? s'écria Bruna.

Aubin venait de quitter le jardin. Oskar, la tête baissée, gardait les yeux dans le vague.

— N'as-tu pas assez combattu ? insista-t-elle. Pourquoi aller encore au-devant du danger ? Messire Bernard est mort. Tu es délié de ton engagement. Cette affaire n'est plus la nôtre à présent.

— Si, répondit Oskar, c'est la mienne. Si nous avons encore une chance de combattre, je ferai tout pour vaincre.

Bruna s'assit à côté de lui.

— Explique-moi ! supplia-t-elle.

Il secoua la tête. Ses traits étaient creusés. Mais son regard restait froid et déterminé.

— C'est Harold le Balafré qui a tué mes parents.

Bruna fixa son mari, interdite.

— Je sais ce que tu penses, reprit Oskar. Cela fait plus de quinze ans. J'étais très jeune, mais j'ai su que je me rappellerais toujours son visage. Eh bien, je l'ai revu, son visage, la nuit où nous avons été pris à revers dans les rues de Castelmont. J'ai vu Harold le brigand combattre au milieu de ses hommes. Il n'a pas changé, depuis le temps où il rançonnait les paysans sur les rives du Rhin.

Sa main se crispa dans le vide.

— Il faut l'arrêter.

Bruna se rapprocha de son mari. Le soleil couchant jetait ses derniers rayons sur le jardin, enflammant les feuillages comme un gigantesque brasier. Quand elle l'enlaça, Oskar sursauta.

— Alors, allons à cette réunion, dit-elle doucement. Il va être l'heure. Mais ne me demande pas de rester en arrière cette fois-ci.

— C'est par ici, chuchota sœur Namadie.

Comme les complies[1] sonnaient au clocher de l'église, Oskar et Bruna se coulèrent à la suite de leur guide dans un couloir sombre et humide, taillé à même la pierre, qui semblait rejoindre les entrailles de la terre. Ils débouchèrent rapidement dans une vaste salle, éclairée à la lumière des torches. Là s'empilaient des coffres, des tonneaux de vin, des jarres d'huile et de blé.

1. Complies : heure canoniale correspondant à 21 heures.

— Le cellier, expliqua sœur Namadie. À cette heure, vous ne serez pas dérangés. Et même s'il prenait à Harold le Balafré et à ses hommes l'idée d'une visite surprise au couvent, jamais ils ne penseraient à venir là.

Oskar et Bruna s'approchèrent d'une table montée sur tréteaux autour de laquelle des hommes conversaient à voix basse. Aubin se leva.

— Vous voici ! s'écria-t-il. Prenez un siège.

Le jeune garçon fit les présentations pour Bruna. Oskar, lui, connaissait déjà les quinze combattants assemblés dans la pièce. Blessés, tous avaient été recueillis par des habitants de Castelmont lors de la retraite de l'armée de secours. Sous leurs vêtements de fortune, destinés à les faire passer pour de pauvres hères, on devinait des pansements ou des cicatrices récentes, un bras ou une jambe raidie. À côté d'Aubin se tenait un soldat d'un certain âge, à la barbe et aux cheveux blancs, qui posa sur Bruna un regard bienveillant.

— Élie est le héraut de Castelmont, dit Aubin. Les brigands l'ont fait prisonnier dès le premier jour. Il a réussi à s'échapper pour donner l'alerte. Si j'ai voulu que nous nous réunissions ce soir, poursuivit-il, le rose aux joues, c'est parce que nous disposons de très peu de temps pour sauver ma sœur Fanélie avant l'arrivée du comte de Toulouse.

— Le seul moyen de la délivrer serait de nous introduire dans le château par surprise pour y livrer combat, fit remarquer le sage Élie. Mais même si l'effet de surprise jouait, nous sommes bien peu nombreux pour soutenir la contre-attaque des renforts postés un peu partout dans le bourg et sur les remparts.

— De combien d'hommes dispose encore Harold ? demanda Oskar.

— Chrétien de Bâle et sa bande mis hors de combat, il faut compter encore une cinquantaine de brigands, répondit le vieil Élie.

— Nous pourrions demander au comte de Toulouse de différer son arrivée à Castelmont pour nous laisser le temps d'agir, suggéra un chevalier aux longs cheveux bruns. Son armée donnerait l'assaut à notre suite.

— Pour faire diversion et créer une brèche qui permettrait de reprendre la cité d'un seul coup, compléta Oskar. C'est un beau plan, Enguerrand. Reste à savoir comment nous introduire dans le donjon sans éveiller les soupçons des gardes.

Un silence accablé tomba sur la table. Sous quel prétexte un groupe d'homme nombreux pouvait-il atteindre le cœur de la place forte des brigands ? Des paysans portant une réclamation ? Harold le Balafré penserait à une mutinerie et les ferait aussitôt disperser. Des mendiants ? Il ne fallait pas compter que le nouveau seigneur de Castelmont leur fît l'aumône ! Le visage d'Aubin s'assombrissait. Les cloches de l'église sonnèrent minuit. Bruna redressa la tête.

— Pourquoi ne pas nous déguiser en jongleurs ?

Des regards effarés se tournèrent vers elle.

— Mais oui ! s'écria-t-elle. Harold le Balafré a fait savoir qu'il compte épouser Fanélie. Nous n'avons qu'à nous proposer pour animer le banquet !

À ces mots, le sourire revint sur le visage d'Aubin. Il bondit de son siège.

— Quelle excellente idée, Bruna !

— Et si Harold le Balafré ne veut ni musique ni chant pour son mariage ? objecta Élie.

— Alors nous n'aurons plus qu'à remettre le sort de ma sœur dans les mains du comte de Toulouse, répondit sombrement Aubin.

— Attendez ! intervint Oskar. Supposons que nos ennemis mordent à ce stratagème. Il s'agira de montrer notre savoir-faire...

— Et nous autres ici sommes plus habiles à manier l'épée que la langue ! renchérit Enguerrand.

Les hommes approuvèrent. Aubin fixa Bruna, les yeux emplis de larmes.

Elle éclata de rire :

— Demandons à Damien Bonnefoy !

C'est alors que sœur Namadie fit irruption dans la salle de réunion, tout essoufflée.

— N'avez-vous pas vu Damien Bonnefoy ? Sa couche est vide, annonça-t-elle d'un ton contrarié.

— Il est minuit, dit Bruna. Je crois savoir où sa muse l'a mené...

Le clair de lune baignait le jardin du couvent. Bruna dépassa la fontaine où l'eau aux reflets d'argent s'écoulait en chantonnant et se glissa dans l'allée des rosiers grimpants. Une ombre allait et venait, le visage et les bras levés vers les étoiles, en gémissant :

— Belle mie, d'amour je me meurs...

Étouffant un rire, Bruna accentua le crissement de ses pas sur le chemin. Damien Bonnefoy fit volte-face, furieux :

— Qui ose m'interrompre ? Si c'est encore vous, sœur Namadie, je vous ferai remarquer qu'ici je ne gêne personne !

— Ce n'est pas sœur Namadie.

Reconnaissant Bruna, le jongleur se fendit d'une large révérence.

— Quelle joie de vous revoir, belle demoiselle ! Me cherchiez-vous ?

— Je venais vous demander un service.

— Un service ? répéta le jongleur, intrigué. Bien sûr, je ferai tout ce que je peux pour vous aider...

Bruna sourit :

— Que diriez-vous de jouer un tour à ceux qui vous ont détroussé ?

Quelques instants plus tard, Damien Bonnefoy faisait son entrée dans le cellier avec force révérences. Il était de toute évidence impressionné et gonflé d'orgueil d'être convié à un conseil secret.

Aubin lui expliqua rapidement la situation. Au fur et à mesure qu'il parlait, le visage du jeune homme s'illuminait.

— Une troupe de jongleurs pour tromper cette truandaille[1], s'écria-t-il en battant des mains. Je n'aurais pas eu meilleure idée, mes sires ! Enseigner la poésie en quelques jours relève du défi, mais j'adore les défis. Je suis votre homme, mes seigneurs, jusque dans la bataille !

— Dans la bataille ? s'exclama Aubin éberlué. Tu ne comptes pas nous accompagner au château ?

— Je vous rappelle que ces bandits m'ont dépouillé, répliqua le jongleur, vexé. Sachez que lorsque Damien Bonnefoy donne sa parole, c'est de bonne foi. Et jusqu'au bout ! conclut-il avec fierté.

1. Truandaille : ramassis de truands.

## 14

## Le plan

Pour ne pas intriguer les patients de l'hospice, Bruna et Oskar passèrent la journée du lendemain chacun de leur côté. Le crépuscule venu, ils se retrouvèrent dans le jardin du couvent. L'impatience et l'inquiétude leur serraient le cœur depuis l'aube. Aubin et le fidèle Élie étaient partis à la recherche des troupes du seigneur de Toulouse. Il fallait à tout prix les intercepter avant qu'elles parviennent aux abords de Castelmont.

— Quand crois-tu qu'Aubin et Élie seront de retour ? demanda Bruna. Le jour s'en va...

— Ils passeront certainement la nuit au campement, répondit Oskar. Ils seront là demain matin.

Bruna soupira. Et si les combattants avaient pris un autre chemin ? Si les deux messagers rencontraient des hommes d'Harold le Balafré en route ? Ou d'autres brigands ? Comment savoir ?

Oskar avait raison. Il ne servait à rien de s'énerver. Bruna se résigna à regagner son lit et à essayer de dormir.

À peine venait-elle de se coucher qu'une chandelle jeta une faible lueur dans la salle des femmes.

— Bruna, souffla sœur Namadie. Levez-vous, vite !

À moitié endormie, Bruna jeta une pèlerine sur ses épaules et suivit la jeune moniale à travers les couloirs noirs d'humidité du couvent. Elle reconnut le chemin du cellier.

Aubin se tenait au centre de la pièce éclairée par quelques chandelles posées à même la table. Oskar était déjà là, de même qu'Enguerrand et deux autres soldats qui avaient participé à la réunion la veille. Aubin avait un air grave comme Bruna ne lui avait jamais vu.

— Où est messire Élie ? s'enquit-elle.

— Il est resté auprès du sieur de Toulouse, afin de le guider. Notre plan a été accepté. Dans cinq jours, la lune sera cachée. C'est la date que le comte nous a fixée pour agir. Il pourra déplacer son armée jusqu'aux bois du Moulin, d'où, la nuit venue, elle marchera sur Castelmont...

Tout au long de la journée précédant l'assaut, d'anciens blessés déguisés en mendiants ou en paysans s'introduiraient dans le bourg et dans la basse-cour du château, avec la complicité des habitants. En début de soirée, les faux jongleurs, conduits par

Damien Bonnefoy se présenteraient aux portes et proposeraient un spectacle. Aussitôt la nuit tombée, leurs complices mettraient hors de combat les gardes postés aux portes de la cité et au pont-levis, pour ouvrir la voie aux chevaliers de Toulouse. Ce serait alors aux jongleurs d’agir pour retenir le plus longtemps possible les brigands dans le donjon.

— Allons prendre un peu de repos à présent, conclut Aubin. Nous n’avons que cinq jours devant nous pour nous préparer...

— Feras-tu donc partie des jongleurs ? demanda Bruna.

— Oui, répondit Aubin. Les brigands ne me connaissent pas. Et si les choses devaient mal tourner, je veux que Fanélie sache que j’étais là et que j’ai tout fait pour la sauver.

Ses mâchoires étaient contractées et son front crispé. Bruna s’approcha de lui. Elle avait envie de le serrer contre elle.

— Nous réussirons, Aubin.

Avec l’aide de Dieu, murmura-t-il.

Le lendemain, tandis qu'une partie des chevaliers s'entraînait au combat au cellier, Enguerrand et Geoffroy, un autre chevalier, rejoignirent Oskar, Bruna et Aubin pour suivre les leçons de Damien Bonnefoy dans la salle de réunion du couvent.

Sœur Vérène avait mis à disposition des apprentis jongleurs les instruments que possédait le couvent : une vielle, des flûtes, des tambourins.

Damien avait rapidement pris la mesure de la tâche qui l'attendait. Il avait tout d'abord demandé à ses élèves de chanter le couplet d'une chanson. Geoffroy, un ancien enfant de chœur, et Bruna, qui avait toujours chanté avec son grand-père, s'en étaient très bien tirés. Les autres en revanche n'avaient aucune notion de chant ! La voix d'Aubin partait si haut dans les aigus que Damien dut le faire taire. Quant à Oskar et Enguerrand... contrairement au jeune damoiseau qui savait jouer de la flûte, ils ne connaissaient rien à la musique. Atterré, Damien les avait longuement considérés.

— Et jouer du tambourin, qu'en dites-vous ? Il vous suffira de suivre le rythme...

Embarrassé par son instrument, Enguerrand donnait des coups maladroits et irréguliers qui faisaient lever les yeux au ciel à son jeune maître. Guère plus habile, Oskar lançait des clins d'œil à Bruna qui se retenait d'éclater de rire.

— Messieurs, l'heure est grave, annonça théâtralement Damien.

Il ne restait que trois jours à la petite troupe pour être au point. Les apprentis jongleurs firent cercle autour de leur professeur.

— J'ai choisi une chanson composée par le comte Guillaume de Poitiers[1], reprit le jeune jongleur, car elle est parfaite pour un mariage : *Je n'adorerai qu'elle !* Geoffroy et Bruna, vous chanterez avec moi. Oskar et Enguerrand, vous nous accompagnerez au tambourin et Aubin jouera de la flûte.

— Cette chanson est-elle assez longue pour attendre le signal de l'action ? s'inquiéta Aubin, très pâle.

— Elle comporte six couplets, précisa Damien, un peu vexé. Je pense que cela suffira largement !

— À ce propos, intervint Enguerrand, je voulais vous montrer quelque chose.

Sœur Namadie entra dans la pièce, portant la vielle de Damien.

— Chacun de nous aura au moins un poignard caché dans ses chausses et un autre attaché à la cuisse, expliqua Enguerrand. Cependant, j'ai eu l'idée de faire renforcer la vielle d'une cachette de bois où nous pourrons glisser deux dagues.

Sœur Namadie fit coulisser une minuscule barre de bois. L'arrière de la vielle s'ouvrit comme une porte, découvrant deux dagues retenues au corps de l'instrument par des crochets.

1. Le comte Guillaume IX de Poitiers (1071-1126) est l'un des premiers troubadours connus.

— Incroyable, s'écria Aubin émerveillé. Avec cela, nous vaincrons !

— Ne nous réjouissons pas trop vite, répliqua sombrement Enguerrand. Harold ne sera pas seul. Même s'il n'a plus Chrétien de Bâle, cinq à six hommes, choisis parmi ses plus fidèles lieutenants, souperont avec lui. Nous devrons être très rapides... Au signal, les poignards fuseront, et pour la suite, Dieu soit avec nous !

— Dieu vous écoute et sera à vos côtés, dit en souriant sœur Namadie.

Le jour déclinait. Damien Bonnefoy jeta un coup d'œil aux vitraux rougissants et posa sa vielle.

— Je crois que la journée est finie, mes amis. Nous nous retrouverons demain pour une dernière répétition.

Oskar rangea son tambourin à côté des autres instruments. À force d'acharnement, Enguerrand et lui savaient à présent rythmer la mélodie sans fausse note. Damien avait même qualifié leur dernier essai de réussite ! Il était temps.

Bruna rejoignit Oskar. Ils sortirent dans le jardin du couvent.

— Les choses s'annoncent bien, souffla Oskar. Grâce à toi...

— Je n'ai fait que suggérer Damien Bonnefoy, sourit Bruna. Le reste, nous le devons à notre talent !

— Ton talent, rétorqua Oskar. Tu chantes merveilleusement, et moi, je tâche de me défendre comme je peux avec ce diable de tambourin. Je le casserai sur la tête d'Harold le Balafré le moment venu !

Son visage se rembrunit.

— Viens, dit-il brusquement. Je vais te montrer Castelmont.

Il l'entraîna dans l'église. Le grincement de la porte résonna dans la nef déserte. Bruna suivit Oskar le long des bancs et se glissa derrière lui dans le petit escalier en colimaçon qui montait au clocher. Ils atteignirent le sommet courbés en deux, suffoquant à cause de la chaleur qui régnait sous le toit d'ardoises. Des poutres assemblées le long du mur permettaient de faire le tour des cloches, chichement éclairées par quatre meurtrières voilées de toiles d'araignées.

Oskar s'approcha de l'une d'elles. Un rayon de soleil passa sur son visage et Bruna put voir le frémissement qui l'agitait. Elle rejoignit son mari, marchant prudemment sur les poutres grinçantes.

— Regarde.

La vallée verdoyante se déroulait sous leurs yeux, tout près, si près qu'ils auraient pu la toucher. Un donjon de pierre grise se dressait au sommet d'une petite éminence, en avant de la montagne. Il était entouré d'une muraille dont les brèches avaient été colmatées avec du bois et du torchis. Des maisons aux toits éventrés fraîchement recouverts de paille se pressaient en contrebas, cernées par une simple barricade de bois. Les foyers fumaient, des silhouettes allaient et venaient sur le chemin du bourg. C'était cela, Castelmont...

— Demain soir, nous y serons, reprit Oskar. Si tout va bien...

— Tout ira bien, affirma Bruna.

Mais elle n'en était plus si sûre à la vue de ce château qui semblait s'être bien vite remis d'un siège de deux mois.

— Je ne pense pas qu'ils auront ôté les têtes d'Arnaud et de sa femme, dit Oskar. Elles étaient accrochées à l'entrée du château, au-dessus du pont-levis. Je veux que tu saches à quoi t'attendre.

— Je suis prête.

— Et Damien Bonnefoy ? Le crois-tu prêt à se battre s'il le faut ? insista Oskar, inquiet. Les brigands n'auront aucune pitié et nous ne pouvons emporter ni arc, ni épée. Dans la grande salle du château, nous serons seuls. Pour nous défendre, il faudra également nous servir de ce que nous trouverons sur place.

— Ne t'inquiète pas. Damien est plus coriace qu'il n'en a l'air. Et nous serons six, ne l'oublie pas. Même s'il n'y aura que trois combattants aguerris, rappelle-toi qu'Aubin et moi savons nous défendre !

Oskar sourit.

— Tu n'as jamais perdu espoir, n'est-ce pas ? Du jour où tu es partie pour me retrouver...

Sa main glissa sur la joue de Bruna. Elle était sèche et calleuse, c'était une main façonnée par le maniement des armes, mais elle était douce au cœur de sa jeune épouse, qui ferma les yeux.

— Je ne sais pas si c'est de l'espoir, répliqua Bruna, mais nous n'avons pas le choix. Il faut que nous voyions nos atouts et que nous les jouions...

— Comme à la guerre, dit Oskar. Car c'est une guerre...

Le soleil fléchissait à l'horizon. Ils restèrent encore quelques instants, immobiles dans le rai de lumière qui filtrait paresseusement par la petite meurtrière.

Oskar sursauta.

— C'est l'heure des vêpres. Descendons vite avant que le bedeau ne nous rende sourds !

## 15

## CRÉPUSCULE

Bruna leva les yeux vers le vitrail de l'église. Un rayon de soleil commençait à pointer dans un angle, projetant des gouttes d'émeraude sur le petit autel en dessous. Le jour déclinait. L'heure d'agir approchait.

La porte d'entrée grinça. Le cœur de la jeune femme bondit dans sa poitrine. « Il va falloir te calmer, Bruna, pensa-t-elle avec colère. Si tu réagis de cette façon au moindre bruit dès maintenant, que feras-tu devant les brigands ? »

— Bruna, c'est moi.

Bruna répondit au sourire de sœur Namadie par une grimace.

— Excusez-moi, je suis un peu nerveuse.

— Qui ne le serait pas, à votre place, répliqua gentiment la nonne. Mais n'ayez crainte, avec l'aide de Dieu, vous réussirez. Voici vos vêtements.

Sœur Namadie déposa sur l'autel un surcot jaune et vert, des chausses vertes et un chaperon jaune au bout duquel pendait une petite clochette.

Bruna les toucha. Ils étaient propres et sentaient la lavande. La moniale les avait fait retailler à partir des effets donnés par un riche seigneur de passage et avait ajouté elle-même la clochette au chapeau.

— Merci, sœur Namadie. Vous avez fait tellement pour nous. Comment pourrai-je vous remercier ?

La religieuse eut un rire amusé. Ses pommettes s'arrondirent et ses yeux verts pétillèrent.

— Vous parlez et le temps passe ! Enfilez vite ces vêtements.

La gorge nouée, Bruna ôta ses hardes de mendiant. Tandis qu'elle s'attachait un poignard à la cuisse, sous les plis de son surcot, sœur Namadie laçait ses chaussons de peau.

— C'est moi qui devrais vous remercier, dit-elle doucement. Vous allez délivrer Castelmont de l'emprise de ces affreux brigands. Je n'ai pas ce courage, Dieu me pardonne.

— Vous avez fait preuve d'un courage immense en recueillant les survivants de la dernière bataille à l'hospice, rétorqua Bruna. Vous connaissez les risques si Harold le Balafré et ses hommes venaient à l'apprendre !

Sœur Namadie sourit tristement mais ne répondit pas.

— Vous voici prête, dit-elle en reculant d'un pas. Vous êtes un jongleur !

— Un vrai ?

Bruna agita la tête, le grelot de son chapeau tinta et sœur Namadie éclata de rire.

— Bruna, vous sentez-vous prête maintenant ? demanda-t-elle en lui prenant les mains.

Bruna hésita un instant. Son cœur battait fort mais la détermination l'emportait.

— Ne vous inquiétez pas pour moi, répondit-elle fermement. Grâce à vos soins, je suis complètement remise de ma blessure et je serai avec mon mari. Je n'ai pas peur.

Sœur Namadie parut hésiter à son tour. Ses joues rosirent.

— Je voulais dire : vous sentez-vous prête, étant donné votre état ?

— Je sais, reconnut Bruna confuse. J'ai péché plus d'une fois en cette aventure, en me coupant les cheveux d'abord, puis en me déguisant en homme pour venir jusqu'ici. Je n'ai pas encore demandé pardon, mais je vous promets de le faire. En attendant, j'ai besoin de votre bénédiction, sœur Namadie.

La jeune moniale rit de bon cœur.

— Vous l'avez, Bruna ! Je ne cesserai de prier pour vous. Il est temps de rejoindre vos compagnons, à présent.

Une étrange troupe s'était réunie dans la petite cour du cloître. Cinq jongleurs vêtus de surcots et de chausses multicolores attendaient en silence, sous l'œil bienveillant de sœur Vérène. Même Damien Bonnefoy se taisait, vérifiant les cordes de sa vielle d'un air affairé.

Aubin parut enfin, habillé d'un ensemble rouge et or. Ses cheveux blonds soigneusement coupés dégageaient son visage pâle aux arêtes saillantes. Il balaya la petite troupe d'un regard grave et douloureux.

— C'est le moment, mes amis.

— Dieu vous accompagne, dit sœur Vérène.

Oskar serra furtivement la main de Bruna.

— Reste près de moi.

Un à un, les faux jongleurs franchirent la porte du couvent. Bruna chercha sœur Namadie des yeux. La jeune religieuse pleurait.

La petite troupe s'engagea sur un sentier muletier, à flanc de colline. Le couvent, derrière elle, n'était déjà plus qu'une longue bâtisse grise surmontée par un clocher d'ardoises. Tout près se profilait la masse imposante du donjon de Castelmont. Le soleil continuait de décliner. Les cloches sonnèrent les vêpres.

— Un peu d'entrain, que diable ! cria Damien Bonnefoy à ses compagnons. Nous sommes une troupe de jongleurs : pas léger et sourire aux lèvres !

Au fur et à mesure qu'ils se rapprochaient du bourg, la route se faisait plus animée. Des paysans regagnant leur demeure la fourche à l'épaule, des enfants conduisant des chèvres, des jeunes filles aux paniers remplis de fruits se retournaient sur leur passage. Damien avait un mot agréable pour tous. Se prenant au jeu, Bruna fit sonner le grelot de son chaperon, Geoffroy exécuta quelques pas de danse et même Enguerrand donna de son tambourin. Incrédules, les gens souriaient.

— Des jongleurs à Castelmont ? Voilà bien longtemps qu'on n'a pas vu ça !

Des enfants partirent en courant en direction du bourg.

— Des jongleurs ! Des jongleurs !

— Nous sommes annoncés, souffla Aubin.

Ils arrivaient aux portes de la cité. Des hommes casqués et armés d'arbalètes apparurent sur le chemin de ronde. L'un d'eux dit quelque chose et les autres éclatèrent de rire. Bruna jeta un coup d'œil aux linteaux de bois. Des piques souillées de traces brunâtres y étaient fichées. Son cœur se souleva. Elle regarda Aubin qui marchait devant elle. Les épaules du jeune homme s'étaient raidies. Il avait vu. « Pourvu qu'il ne s'effondre pas », songea-t-elle avec effroi. Heureusement, Damien se mit à jongler avec trois pêches, attirant sur lui l'attention des gardes qui riaient de plus belle.

— Bien le bonsoir, mes seigneurs ! leur lança-t-il.

— Bonsoir, drôle !

Oskar et Enguerrand franchirent les portes, les mains le long du corps, prêts à saisir l'arme cachée sous leur surcot. Mais les soldats étaient occupés à échanger des plaisanteries. Des mendiants se pressaient à l'ombre de l'escalier menant au chemin de ronde. Au passage des jongleurs, plusieurs d'entre eux leur adressèrent des clins d'œil. Le plan avait fonctionné. Les hommes étaient à leur place.

Guidée par Aubin, la petite troupe continua sa marche vers le château à travers les rues tortueuses du bourg. Il ne restait aucune trace des derniers combats. Les dégâts avaient été réparés, les rues lavées et les débris balayés. Au seuil des échoppes, aux fenêtres des maisons, les gens regardaient passer les jongleurs, le visage soudain illuminé. Bruna répondait aux saluts par un sourire. Combien d'entre eux étaient au courant de ce qui se préparait ? Devant le pont-levis, trois hommes en armes les attendaient, entourés d'un groupe de badauds.

— Les voilà ! crièrent des enfants. Ce sont eux !

Un des soldats se détacha du groupe. Il était grand et portait, outre une hallebarde, deux épées à la ceinture. Dans son visage mangé par une barbe sale, deux petits yeux noirs brillaient, n'augurant rien de bon.

— Alors, c'est vous les jongleurs dont on me casse les oreilles depuis tout à l'heure, dit-il d'une voix épaisse. Qu'est-ce qui vous amène ici ?

Damien fit une profonde révérence.

— Mes compagnons et moi avons ouï-dire qu'un mariage se préparait à Castelmont. Nous proposons d'amuser les mariés pour leur repas de noces. Bien entendu, nous nous engageons à montrer notre art dès ce soir s'ils daignent vouloir de notre compagnie.

— Ah ouais ? fit le garde en se grattant la barbe.

Il parut réfléchir quelques instants puis se tourna vers ses deux compagnons qui attendaient en retrait, lance au poing.

— Vous deux, surveillez-moi ces taille-lard[1]. Je vais voir le chef.

À peine avait-il tourné le dos que les enfants se précipitèrent.

— Un tour, un tour !

Damien ressortit ses trois pêches et Aubin, un sourire sur ses lèvres pâles, entama un morceau à la flûte tandis que les enfants dansaient autour d'eux. Les gardes se déridèrent peu à peu. Bruna tentait de calmer les battements de son cœur. Qu'allait dire Harold le Balafré ? Tout en entraînant les enfants

1. Taille-lard : fanfarons.

dans une carole[1], elle jetait des regards furtifs vers les fenêtres du donjon qui se dressait, sombre et massif, dans le crépuscule violacé.

Le garde à la hallebarde finit par revenir, l'air renfrogné.

— C'est bon, le maître veut bien vous recevoir. Il est en train de souper et il veut que vous lui montriez vos talents dans la grande salle. Vous avez intérêt à être doués ! ajouta-t-il d'un ton menaçant. Suivez-moi.

1. Carole : danse sous forme de chaîne ouverte ou fermée très répandue au Moyen Âge.

## 16

## D'HOMME À HOMME

Encadrée par les gardes, la troupe des jongleurs franchit le pont-levis et pénétra dans la basse-cour. Le coup de coude que lui donna Oskar fit sursauter Bruna.

— Regarde à gauche ! chuchota-t-il.

Plusieurs tonneaux étaient alignés dans l'ombre d'une remise.

— Ils sont là. Tout est prêt.

Bruna hocha la tête. Elle essuya ses mains moites sur son habit. Dans leur dos, la herse s'abaissait. Des gardes les surveillaient du haut des échauguettes qui jalonnaient le chemin de ronde. Le sort en était jeté. Ils ne pouvaient plus reculer désormais. Il leur faudrait se battre, jusqu'à la victoire ou jusqu'à la mort. Bruna respira profondément. Oskar marchait à côté d'elle, la tête haute. Ils étaient ensemble. Ils ne se quitteraient pas.

Elle entra dans le donjon à la suite de ses compagnons. Le sol de pierre de la grande salle résonna sous leurs pas. Une demi-douzaine d'hommes étaient attablés devant une imposante cheminée. Vêtus sans recherche, ils se vautraient au milieu des restes du souper qui venait de s'achever et posèrent sur les nouveaux venus un regard vide. Le contenu d'un hanap[1] renversé souillait la nappe d'un rouge poisseux. De toute évidence, le vin avait coulé à flots pendant le repas et les convives étaient à moitié saouls. Ses compagnons avaient-ils fait les mêmes constatations ? Bruna sentit un courant de détermination traverser leur petite troupe.

Damien s'approcha de l'homme qui trônait en bout de table, affalé sur une chaise à haut dossier.

— Je vous salue, noble seigneur, dit-il en s'inclinant respectueusement.

Harold le Balafré adressa à Damien un sourire carnassier. Ses cheveux blancs tombaient en mèches folles sur sa face anguleuse et tannée par le grand air. Une immense cicatrice courait de la racine des cheveux à la mâchoire, lui fermant presque la paupière gauche. Ses yeux clairs dépourvus de cils étincelaient.

1. Hanap : vase à boire en métal avec couvercle utilisé au Moyen Âge.

— En voilà une jolie troupe, s'exclama-t-il d'une voix éraillée. N'est-ce pas votre avis, ma mie ?

Une jeune fille blonde assise à sa gauche hocha légèrement la tête. Âgée d'une quinzaine d'années, elle portait une simple robe bleue. Son visage pâle ressemblait à celui d'Aubin.

— Oui, ils sont très beaux, murmura-t-elle.

Bruna jeta un coup d'œil à Aubin. Il n'avait pas cillé. De son côté, sa sœur ne semblait pas l'avoir reconnu. Elle promenait son regard triste sur les jongleurs, sans paraître les voir.

— Allons, messieurs, présentez-vous donc ! reprit Harold de sa voix grinçante.

Damien fit une nouvelle révérence.

— Je m'appelle Damien Bonnefoy. Mes compagnons et moi-même avons appris l'imminence de vos noces et nous serions honorés de vous divertir à cette occasion...

— Joue donc, bavard, coupa Harold, que je voie ce que vous valez, tes amis et toi. Et qu'on s'amuse un peu !

Des rires gras s'élevèrent autour de la table.

Damien sortit sa vielle de son étui.

— En l'honneur de votre prochain mariage, nous allons vous chanter une sérénade.

Tout en ajustant l'instrument, il jeta un coup d'œil furtif derrière lui. Bruna, Oskar, Aubin, Geoffroy et Enguerrand avaient formé un demi-cercle devant la table. Un frémissement nerveux parcourut le petit groupe. Ce n'était pas le moment de paniquer. Aucune fausse note ne serait tolérée.

Damien leva son archet et commença d'une voix assurée :

*Ferai chansonnette nouvelle*
*Avant qu'il vente, pleuve ou gèle*
*Ma dame m'éprouve, tente*
*De savoir combien je l'aime ;*
*Mais elle a beau chercher querelle,*
*Je ne renoncerai pas à son lien.*

Les tambourins battaient la mesure en rythme, la flûte s'accordait parfaitement avec les lamentations du chanteur. Bruna n'en croyait pas ses oreilles. Soudain, l'appréhension qui lui bloquait la respiration disparut et elle fit quelques pas en dansant, entraînée par la mélodie :

*Je me rends à elle, je me livre,*
*Elle peut m'inscrire en sa charte ;*
*Et ne me tenez pour ivre*
*Si j'aime ma bonne dame,*
*Car sans elle je ne puis vivre,*
*Tant de son amour j'ai grand faim.*

Elle se tourna vers Geoffroy pour lui laisser la place. Le grand chevalier lui adressa un sourire discret et s'avança à son tour. Sa belle voix grave résonna sous les voûtes de la salle :

*Pour elle je frissonne et tremble,*
*Je l'aime tant de si bon amour !*
*Je n'en crois jamais née de si belle*
*En la lignée du seigneur Adam...*

Derrière la table, Harold ne les quittait pas des yeux, un léger sourire étirant les commissures de ses lèvres. L'espace d'un instant, Bruna eut l'impression qu'il appréciait sincèrement le spectacle. Autour de lui, ses hommes retenaient des gloussements moqueurs tandis que d'autres paraissaient supporter le caprice de leur chef, les bras croisés, le visage affichant une moue renfrognée. Fanélie baissait la tête et semblait retenir ses larmes.

Damien s'approcha de la table et, tout en dansant, vint jusqu'à elle.

*Elle est plus blanche qu'ivoire,*
*Je n'adorerai qu'elle !*

Il prit la main pendante de la jeune fille et l'invita à se lever. Un grand sourire fendit le visage d'Harold le Balafré :

— C'est ça, danse un peu pour moi, ma belle !

*Mais, si je n'ai prompt secours,*
*Si ma bonne dame ne m'aime...*

Damien continuait de chanter. Rouge et tremblante, Fanélie le suivit sous les rires épais des brigands. Arrivée au milieu des jongleurs, elle esquissa un pas de danse, les mains retenant les plis de sa longue robe.

*Je mourrai, par la tête de saint Grégoire,*
*Un baiser en chambre ou sous l'arbre !*

Comme Fanélie passait près d'elle, Bruna l'encouragea d'un sourire. La jeune fille détourna la tête brusquement. L'inquiétude assaillit de nouveau Bruna. Aubin se tenait à côté d'elle, légèrement en retrait. Fanélie avait-elle reconnu son frère ? Bruna jeta un regard à Harold. Il les considérait toujours en souriant et semblait n'avoir rien remarqué. Électrisée par la peur, elle entama le cinquième couplet d'une voix forte :

*Qu'y gagnerez-vous, belle dame,*
*Si de votre amour vous m'éloignez ?*
*Vous semblez vous mettre nonne,*
*Mais sachez que je vous aime tant*
*Que je crains la douleur blessante*
*Si vous ne faites droit des torts dont je me plains.*

Geoffroy pour la seconde fois fit un pas en avant. Il allait chanter le sixième et dernier couplet et aucun son ne leur était encore parvenu du dehors. Les volets de la grande salle étaient encore ouverts, laissant entrer la fraîcheur de la nuit et une vague odeur de menthe et de romarin. Le signal devait être donné sur le chemin de ronde tout proche. Avaient-ils joué trop fort ? S'étaient-ils mal entendus sur l'heure ? Leurs complices avaient-ils été démasqués ? Damien avait prévu de jouer un morceau de musique supplémentaire si les secours tardaient à se manifester. De quoi gagner un court instant... Geoffroy chantait déjà :

*Que gagnerez-vous si je me cloître,*
*Si vous ne me tenez pas pour vôtre ?*

Bruna essuya ses mains moites sur son surcot. Encore un instant, et Fanélie serait obligée de rejoindre sa place. Harold ferait installer ses invités dans les écuries, s'il ne choisissait pas tout simplement de se débarrasser d'eux. Ils ne pourraient se défendre seuls bien longtemps...

*Toute la joie du monde est nôtre,*
*Dame, si nous nous aimons...*

À la gauche de Bruna, Oskar agitait toujours son tambourin en piétinant le sol en cadence. Elle se rapprocha de lui.

*Je demande à l'ami Daurostre*
*De chanter, et non plus crier...*

C'était la fin de la ballade. Au même moment, sous les fenêtres, le cri d'une chouette retentit trois fois, insistant. Un éclair blanc fusa devant les yeux de

Bruna, aussitôt suivi d'un deuxième. De part et d'autre d'Harold, deux hommes s'écroulèrent sur la table sans un cri, atteints en pleine poitrine. Un troisième poignard tournoya dans les airs, manquant de peu Harold. Embarrassé par les larges manches de son habit, Enguerrand avait eu un temps de retard.

Passé le premier moment de surprise, les quatre bandits survivants se redressèrent, une dague ou une épée à la main. Aubin poussa Fanélie derrière un pilier.

— Aubin ! souffla la jeune fille. C'est de la folie !

Les yeux de Harold roulèrent et les fixèrent, rétrécis et cruels.

— Ainsi, c'est à ce jeu-là que vous vouliez réellement jouer, bande d'escrocs ! lança-t-il d'une voix où perçait un mélange de rancune et de joie mauvaise. Foulque, Thomas !

La lourde porte de la salle s'ouvrit et deux hommes parurent, armés d'une arbalète pour l'un et d'une épée pour l'autre. Ils s'effondrèrent sous une grêle de pierres. Bruna se retourna, éberluée. Damien avait lâché sa vielle et jouait à présent d'une fronde avec laquelle il envoyait les petits cailloux tranchants qui emplissaient ses poches.

— Vous devriez savoir que le mal ne reste jamais impuni, dans cette vie ou dans l'autre, bandouliers[1] ! assena-t-il.

1. Bandouliers : brigands.

Oskar et Geoffroy ramassèrent l'arbalète et l'épée abandonnées. Harold courut jusqu'à la cheminée et s'empara du tisonnier.

— Eh bien, mes coquins, c'est ce que nous allons voir, répliqua-t-il. Que le meilleur gagne !

Sautant par-dessus la table, Harold et ses quatre compères se ruèrent vers les jongleurs démasqués. Une flèche envoya l'un d'eux rouler à terre. Oskar chercha à recharger, jura. L'arbalète s'était enrayée. Il récupéra les dagues cachées dans la vielle.

— Bruna ! cria-t-il.

La jeune femme reçut de justesse la dague qu'il lui lança. Elle pivota et se retrouva face à Harold.

— À nous deux, bâtard ! rugit celui-ci.

Elle évita de justesse le tisonnier qui s'abattait sur sa tête et pointa son arme. Le brigand para le coup avec un sourire de mépris. Comment avait-elle pu oublier ? Elle affrontait un guerrier expérimenté !

— On dirait qu'on est plus doué pour la sérénade, ricana Harold en battant l'air de son tisonnier.

Bruna sentit le souffle brûlant lui fouetter le visage. Elle recula d'un pas.

— Hé, mais tu fuis, lâche ! cria Harold.

Il s'arrêta net et porta la main à sa tempe. Une pierre l'avait atteint sur sa cicatrice.

— Tuez-moi ce musardeau du diable[1] ! ordonna-t-il à ses hommes en désignant Damien qui continuait à lancer ses pierres d'un geste rageur.

Personne ne lui répondit. Oskar s'était débarrassé de ses deux assaillants. Faisant tournoyer son épée, Geoffroy avait mis hors de combat le sien. Enguerrand luttait au corps à corps avec un colosse chevelu armé d'une dague. Blessé au bras, il parvint à le repousser au prix d'un ultime effort. Geoffroy lui donna le coup de grâce.

— Attention, Bruna ! hurla le chevalier.

La jeune femme eut tout juste le temps de se jeter en arrière. Le tisonnier s'abattit sur la tranche d'une épée dans un nuage d'étincelles. Oskar força Harold le Balafré à reculer.

— Vous êtes forts, il est vrai, haleta celui-ci, la bouche écumante de fureur. Mais dans quelques instants, le reste de mes hommes sera ici et vous pourrez dire adieu à votre misérable existence !

— Je ne crois pas, rétorqua Oskar. Tu n'entends pas ce bruit de bataille, dehors ? L'armée du comte de Toulouse envahit ton repaire. C'est ta vie de crimes commencée au bord du Rhin qui se termine aujourd'hui !

1. Musardeau du diable : injure médiévale signifiant « niais du diable ».

Harold sembla fléchir le temps d'un éclair. Des cris, des hennissements de chevaux, des chocs d'armes montaient de Castelmont. Il recula encore, sans cesser de combattre, le regard voilé d'une lueur d'inquiétude.

— Qui es-tu pour me parler ainsi ? lança-t-il à Oskar. Te connaîtrais-je ?

— Je serais étonné que tu te rappelles les visages de tous ceux dont tu as brisé les vies, jeta Oskar.

Ses yeux brillaient d'un éclat froid.

— Mais moi, je me souviens de toi et de la façon dont tu as tué mes parents !

D'un coup violent, Oskar désarma le brigand. Harold monta sur l'appui d'une fenêtre et brandit un volet comme bouclier.

— Soit, répliqua-t-il, et alors ? Tu veux les venger ? Viens donc, drôle !

Oskar s'approcha, l'épée levée.

— Mieux, corrigea-t-il, je vais t'envoyer en enfer !

— Non, c'est moi.

Harold le Balafré porta la main à son cœur. Un poignard s'y était enfoncé jusqu'à la garde. Ses yeux fixèrent le lanceur, qui se tenait au-delà de l'épaule d'Oskar, dans la pénombre du mur. Lentement, son corps bascula par-dessus le rebord de la fenêtre. Un éclaboussement lointain monta des douves.

Aubin s'avança, le visage livide.

— Rappelle-toi Arnaud et Béatrice de Castelmont, murmura-t-il.

— Je ne savais pas que tu avais appris le lancer du poignard, lâcha Fanélie, aussi pâle que son frère.

Bruna croisa le regard du jeune seigneur et voulut sourire. Une ombre passa devant ses yeux. Un goût de nausée dans la bouche, elle sentit ses jambes se dérober sous elle.

— Bruna !

Oskar se précipita pour la soutenir.

— Ce n'est rien, souffla-t-elle. Trop d'émotions, sans doute...

Elle porta les mains à son ventre. La nausée, déjà, avait disparu. Mais elle sentit autre chose et un tremblement la parcourut des pieds à la tête.

Aidée par Oskar et Aubin, elle s'assit sur un banc. Fanélie versa un peu d'eau dans une écuelle. Elle lui tamponna le front avec son mouchoir mouillé.

— Je suis désolée, balbutia-t-elle, je n'avais pas vu que vous étiez une dame.

— C'est ma femme, expliqua Oskar.

— Je vais mieux, dit Bruna.

Les mains toujours posées sur son ventre, elle écoutait ce qui se passait en elle, sans y croire.

— Oskar, murmura-t-elle.

Des bruits de pas qui montaient l'escalier l'interrompirent. L'épée dégainée, plusieurs chevaliers en haubert firent irruption dans la pièce, suivis de près par le vieil Élie. À leurs côtés, un homme d'une quarantaine d'années, aux longs cheveux bruns, portait une cotte d'armes rouge frappée d'une immense croix dorée.

— Où sont les brigands ? cria ce dernier.

Aubin se jeta à ses pieds.

— Tout est fini, monseigneur. Harold le Balafré est tombé dans la douve et ses hommes sont hors de combat. Ma sœur Fanélie est saine et sauve. Je vous dois sa vie et je vous jure d'être votre vassal humble et dévoué jusqu'à la mort.

Bertrand de Toulouse sourit en rengainant son épée.

— Assez de discours ! Relève-toi, Aubin de Castelmont, et présente-moi les braves qui t'accompagnent.

Les joues roses et les yeux pétillants, Aubin s'exécuta. Enguerrand et Geoffroy s'inclinèrent avec respect. Damien se rengorgea. Quand le comte découvrit Oskar et Bruna, il ne cacha pas sa surprise.

— Voilà une chose que je n'avais pas encore vue !

— Bruna m'a sauvé de bien des dangers sur la route de Castelmont, expliqua Aubin.

— Il est certain que tous les combattants présents ici méritent le plus grand des honneurs pour leur courage, répondit le comte.

Bruna regarda Oskar. Très raide, il considérait Bertrand de Toulouse avec fierté. Son visage creusé était apaisé. Elle lui prit la main et la serra entre les siennes. Ils avaient vaincu.

## 17

## LA PROPOSITION D'AUBIN

Minuit approchait. Castelmont était en liesse. Torches et chandelles illuminaient les rues, des feux de joie brûlaient sur les places. Au château, les cuisiniers avaient préparé en hâte un second souper en l'honneur des vainqueurs. Bertrand de Toulouse avait installé son armée sous les remparts de la ville et accepté l'invitation au banquet d'Aubin. Assis à la table d'honneur aux côtés d'Aubin et de Fanélie, leurs compagnons goûtaient le défilé des pâtés, des rôtis et des flans en trinquant à leur réussite.

Bertrand de Toulouse frappa dans ses mains.

— Comme vous le savez, messieurs et dames, le nouveau seigneur de ces lieux est désormais Aubin de Castelmont. Il a quelque chose à vous dire.

Les mains appuyées sur la table, Aubin parcourut l'assemblée d'un regard brillant d'émotion.

— Mes amis, je vous dois à tous cette victoire et mon bonheur ainsi que celui de ma sœur, malgré les épreuves et les deuils traversés. C'est pourquoi j'invite tous ceux qui sont déliés de leurs engagements à me rejoindre et à s'établir à mes côtés à Castelmont.

Enguerrand leva son hanap de sa main valide.

— Vive Aubin de Castelmont !

— Vive Aubin de Castelmont ! répétèrent en chœur les convives.

Damien sauta de son siège et, saisissant sa vielle, entama un air endiablé. Oskar prit la main de Bruna :

— Dansons, veux-tu ?

— Attendez !

Ils se retournèrent. Aubin venait vers eux.

— Oskar, commença le jeune seigneur. En remerciement des services rendus, je serais heureux de te faire chevalier, et de te donner une terre où t'installer avec Bruna.

Oskar et Bruna se regardèrent. Aubin était-il sérieux ?

— Enguerrand et Geoffroy restent, insista le jeune homme. Damien aussi...

— C'est trop d'honneur, murmura Oskar.

— Alors, c'est oui ? s'écria Aubin. Je suis tellement heureux, mes amis !

Loin des bruits et des lumières de la fête, la cour du château était sombre et calme. Bruna respira une grande goulée d'air. Dans le ciel noir, les étoiles scintillaient comme des éclats d'argent.

— Comment te sens-tu ? demanda Oskar.

— Bien mieux. Marchons un peu...

Tout en se dirigeant vers le bourg, elle se rapprocha maladroitement de lui, gênée par les plis de la robe que Fanélie lui avait prêtée pour le banquet.

— Tu sais, je pense que je risque d'être malade comme cela de temps en temps désormais...

— Que veux-tu dire ?

— Eh bien...

Bruna prit une nouvelle inspiration. Devant le château, des villageois avaient allumé un feu avec les enseignes des brigands et dansaient la carole sur un air de flûte. Un pâtissier vendait des gâteaux et beignets. Une odeur de sucre flottait dans les rues du bourg. Oskar tourna un regard interrogateur vers sa femme.

Bruna sourit.

— Je crois que lorsque le printemps reviendra, tu auras un garçon à qui enseigner le combat à l'arc et à l'épée.

Oskar s'arrêta et la dévisagea, son regard fatigué traversé par une expression de joie incrédule.

— En es-tu sûre ? rétorqua-t-il.

Sa voix tremblait un peu quand il ajouta :

— Pourquoi pas une fille ?

Bruna rit.

— Penses-tu pouvoir enseigner l'art de la guerre à une fille ?

— Et pourquoi pas ? se récria Oskar. Si elle est comme sa mère...

Il l'attira contre lui et l'enlaça.

— Comment as-tu pu prendre tous ces risques en portant un enfant ?

— Je ne le savais pas, avoua Bruna. Sœur Namadie, qui s'est occupée de moi à l'hospice, s'en est aperçue. Elle a essayé de me le dire mais je ne l'ai compris que tout à l'heure.

Elle se tut. Oskar resta immobile. Bruna sut qu'un grand bonheur l'agitait intérieurement. Autour d'eux, les gens dansaient toujours, entraînant les passants dans leur ronde. Près du feu, des femmes voilées de noir battaient la mesure en frappant des mains. Bruna croisa le regard de sœur Namadie.

— Merci, souffla-t-elle.

La jeune religieuse lui répondit par son doux sourire.

# 18

# Une nouvelle vie

Bruna jeta un coup d'œil dans la maison. Elle n'était plus meublée que de la huche[1], du lit et d'une table sur tréteaux. Sur le manteau de la cheminée, on lisait encore cinq mots étranges, gravés au couteau : *Je suis partie retrouver Oskar.*

Bruna ferma la porte en soupirant.

— Des vivres, quelques vêtements, une paillasse... est-ce tout ce que vous emportez ? questionna Lison.

— C'est tout, dit Bruna. Nous avons peu d'effets.

Le soleil brillait sur Roquemaure en cette douce matinée de septembre. L'air de la basse-cour était chargé d'une odeur de rosée et d'herbe humide. Oskar finissait de charger leurs deux ânes, pendant que Francette se lamentait :

1. Huche : au Moyen Âge, meuble de rangement muni d'une serrure.

— Où est-ce que je vais pouvoir retrouver un aussi bon gâte-sauce[1] que Bruna ?

Bruna s'approcha du jeune garde qui discutait avec un vieillard assis à l'ombre des remparts.

— Pierre ! Tu ne pars pas avec nous ?

— Non, Bruna, répondit-il avec une pointe de tristesse dans la voix. Je suis désormais au service de messire Jehan, le neveu de messire Bernard et le nouveau seigneur de Roquemaure. Mais je viendrai vous voir aussi souvent que possible.

— Je ferai de même de mon côté, intervint le vieillard. Vous connaissez mon attachement à ma petite bergerie dans les montagnes. Il a vraiment fallu que la guerre arrive aux portes de Peyrefitte pour que je la quitte.

Bruna sourit. Comme Pierre l'avait prédit, leur grand-père Aloïs était arrivé à Roquemaure le lendemain de son départ pour Castelmont. Le vieil homme avait réussi à dissuader son petit-fils de partir sur les traces de Bruna. Pierre était à peine remis de sa blessure et Aloïs trop âgé pour entreprendre un aussi long voyage. Ils avaient tremblé ensemble aux nouvelles qui leur parvenaient de la cité, jusqu'à l'annonce de la victoire remportée sur les brigands.

1. Gâte-sauce : marmiton, apprenti cuisinier.

Le vieil Aloïs se leva. Sa barbe blanche se déroula sur les plis de son manteau de bure et ses yeux bleus pétillèrent. Dans sa main apparut une petite branche de buis.

— Accrochez-la au-dessus de votre première cheminée, dit-il à Bruna. Elle vous portera bonheur.

— Merci, grand-père.

Un instant, les doigts du vieil homme pressèrent les siens. Il était temps de partir.

Oskar aida Bruna à monter sur le premier âne. Pierre saisit les rênes de l'animal.

— Je vous accompagne jusqu'aux portes de Roquemaure.

Bruna se retourna. Francette se mouchait bruyamment pour cacher son émotion, Lison riait aux éclats en souhaitant prospérité et bonheur au jeune couple, des voisins agitaient la main. Et grand-père Aloïs se tenait bien droit, appuyé sur sa canne de chêne, le sourire aux lèvres.

— Au revoir !

À la sortie de Roquemaure, la route serpentait, caillouteuse et blanche sous le soleil doré d'automne.

— Où est votre domaine ? demanda Pierre.

— Quelque part, à l'ouest de Castelmont, répondit Oskar. Nous n'en savons guère plus...

— Bon voyage, dit le jeune garde.

Il resta longtemps aux portes de Roquemaure à les suivre du regard. Lorsque la silhouette de son frère ne fut plus qu'une ombre sur la ligne sombre des remparts, Bruna se tourna vers Oskar qui avait pris les rênes et marchait à côté d'elle.

— Es-tu heureux aujourd'hui ?

Les yeux très bleus de son mari se mouillèrent légèrement :

— Oui, dit-il en lui prenant la main.

Il faisait beau et la route qu'ils suivaient les conduisait vers les montagnes rocheuses et verdoyantes, vers leur nouvelle vie.

CATHERINE CUENCA

Catherine Cuenca est née en 1982 et vit dans la région lyonnaise. Elle a commencé à écrire dès l'âge de 8 ans et s'est passionnée très jeune pour l'Histoire. Chez Flammarion, elle est l'auteur de *Frères de guerre, La Guerre des ombres* et *Le Crime de la pierre levée.* Elle a également publié chez Hachette et Oskar jeunesse.

Retrouvez plus d'informations sur le site Internet de Catherine Cuenca :
www.catherinecuenca.sitew.com

## Aline Bureau

Aline Bureau est née à Orléans en 1971. Elle a étudié le graphisme à l'école Estienne puis la gravure aux Arts décoratifs à Paris. C'est dans l'illustration qu'elle s'est lancée en travaillant d'abord pour la presse et la publicité et depuis peu pour l'édition jeunesse. Elle est l'illustratrice des *Colombes du Roi-Soleil.*

## Table des matières

# ROMANS

Tout un monde de lecture
entre les mains.

TITRES DÉJÀ PARUS

Flammarion jeunesse

**Chaân, la rebelle (tome 1)**

Christine Féret-Fleury

3 500 ans avant notre ère, au cœur de la Préhistoire... Chaân, une jeune fille éprise de liberté, défie les lois de son peuple en apprenant à chasser en secret. Elle est alors rejetée par tous les habitants du village et par son propre père. Chaân semble prête à tout pour conquérir son indépendance. Mais saura-t-elle surmonter les épreuves qui l'attendent ?

*« Non, elle ne laisserait personne l'empêcher de vivre à sa guise. S'il le fallait, elle se battrait. Elle supporterait les pires épreuves... »*

**Le premier épisode des aventures de Chaân.**

Flammarion jeunesse

**Claudine de Lyon**

Marie-Christine Helgerson

Claudine a onze ans, elle travaille dix heures par jour dans l'atelier de son père, à tisser de la soie. Mais cette vie épuise la petite fille qui tombe gravement malade. Pour guérir, elle part à la campagne. Claudine veut retrouver la santé et elle n'a pas envie de retourner à Lyon pour travailler. Ce qu'elle désire par dessus tout, c'est aller à l'école et réaliser son rêve : savoir lire, écrire et surtout dessiner.

*« J'en ai assez de recevoir des ordres. Je veux choisir pour moi. Je sais bien ce que je ferai : j'irai à l'école, j'apprendrai des tas de choses et je ferai des dessins encore plus beaux que ceux de Carlo. »*

Flammarion jeunesse

**De Sacha à Macha**

Rachel Hausfater et Yaël Hassan

Derrière son ordinateur, Sacha envoie des mails à des destinataires imaginaires, comme autant de bouteilles à la mer. Jusqu'au jour où Macha répond. Commence alors une bien étrange correspondance, pleine de tâtonnements mais aussi de confidences... Est-ce le début d'une belle amitié ?

*« Tu m'as fait une de ces peurs ! J'ai eu l'impression que j'allais tomber dans un gouffre. Tu es la seule personne qui m'ait tendu la main : j'ai besoin que tu me la tiennes encore un peu. Beaucoup. Longtemps. Toujours. »*

## Jonathan Livingston le goéland

Richard Bach

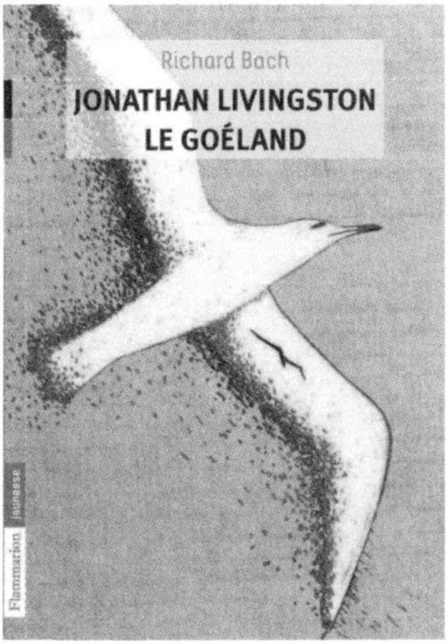


Jonathan Livingston n'est pas un goéland comme les autres.
Sa seule passion, c'est de voler toujours plus vite,
toujours plus haut. Incompris des autres goélands,
il est chassé du clan. Il poursuit, solitaire, sa quête de liberté.
Sera-t-il condamné à vivre son rêve seul ?

*« Il remarqua qu'aux vitesses extrêmes plusieurs plumes dressées simultanément le faisait tournoyer comme une balle de fusil... Jonathan venait de réussir la première acrobatie aérienne de toute l'histoire terrestre des goélands. »*

## Jun-ling, une enfance chinoise

Adeline Yen Mah

Orpheline de mère, Jun-ling est le souffre-douleur de sa famille. Ses frères et sa sœur lui reprochent la mort de leur mère et son père la néglige. Soutenue par son grand-père Ye Ye et sa tante Baba, Jun-ling apprend à avoir confiance en elle et à partager leur amour des lettres. Elle y puisera la force de prendre son envol...

*« Tu as à l'intérieur de toi quelque chose d'unique, de précieux, je l'ai toujours senti. Tu ne dois pas le gaspiller. Il faut leur prouver qu'ils ont tort. Promis ?*

*- Juré ! »*

**L'heure du renard**

Marie-Claude Bérot

Isa est une petite fille peu ordinaire.
Elle connaît chaque plante, chaque animal, chaque étoile.
Elle aurait même de mystérieux pouvoirs...
Isa aime se réfugier dans la forêt où elle peut écouter
la nature lui souffler ses secrets. Un jour, à la tombée
du soleil, elle rencontre un renard sauvage.
Les destins de la bête et de l'enfant semblent liés...

*« - Ne bouge pas, je vais revenir. Tu entends, je vais revenir.*
*Le renard, comme s'il avait compris, souleva ses paupières*
*et les laissa retomber. »*

Flammarion jeunesse

**L.O.L.A.**
Claire Mazard

Qui adresse du courrier à Lola sans le signer ?
Pourquoi un inconnu l'a-t-il choisie comme confidente ?
Pour la jeune collégienne, ces lettres anonymes sont d'abord agaçantes, puis touchantes et finalement intrigantes.
Lola décide de mener son enquête.
La réponse est pourtant si proche d'elle...

*« À la fin de la troisième lettre, en bas de la page, quelques lignes avaient été rajoutées : Je ne saurais te redire, Lola, combien cela m'aide de te raconter mon histoire. »*

Flammarion jeunesse

**L'île au trésor**

Robert Louis Stevenson

Jim Hawkins, jeune garçon courageux, s'embarque sur un navire à la recherche d'un trésor enfoui sur une île déserte. Il se trouve alors aux prises avec des pirates patibulaires, dont un certain Long John Silver doté d'une jambe de bois. Cette aventure incroyable nous plonge dans un monde de pirates sanguinaires, plus vrais que nature, qui s'entredéchirent sur une île brûlée par le soleil. L'affrontement sera sans merci...

*« En admettant que j'aie ici dans ma poche un indice capable de nous guider vers le lieu où Flint a enterré son trésor, croyez-vous que ce trésor serait considérable ? »*

Flammarion jeunesse

## Le col des Mille Larmes

Xavier-Laurent Petit

Galshan est inquiète : cela fait plus de six jours que son père, Ryham, chauffeur de poids lourds, aurait dû rentrer. Les journées sont interminables pour la jeune fille et chaque nuit elle fait le même cauchemar : un camion fonce sur elle avant de s'engloutir dans le vide. Tout le monde pense que Ryham a péri lors de la traversée du col des Mille Larmes. Galshan, elle, sait que son père est en vie…

*« Galshan devint blanche comme un linge. Les images de son rêve explosèrent en elle avec une telle violence qu'elle s'appuya contre le mur pour ne pas tomber. »*

**Retrouvez Galshan dans *153 jours en hiver*.**

Flammarion jeunesse

**Le diable dans l'île**
Christian de Montella

1604. Un navire espagnol accoste une île
des Terres australes. Fils du commandant, Diego refuse
la barbarie de cette conquête : il combat… mais du côté des
indigènes. Avec eux, il découvre une nouvelle vie, heureuse.
Jusqu'au jour où des incidents sèment la panique :
un esprit diabolique rôde dans l'île !
Les habitants soupçonnent Diego…

*« J'étais dans une colère qui valait bien celle de leur yarimu,
de leur diable. Autour de moi, alors que l'incendie
rougeoyait, s'asphyxiait, faute de combustible, on chuchotait.
On chuchotait que, de mémoire d'homme,
aucune habitation n'avait jamais pris feu de la sorte. »*

## Le merveilleux voyage de Nils Holgersson à travers la Suède

Selma Lagerlöf

Pour s'être moqué d'un lutin, Nils va être ensorcelé et devenir à son tour tout petit. Il décide alors de voyager à travers son pays, jusqu'en Laponie, tenant fermement par le cou Martin, un jars qui l'emporte dans les airs. Grâce à ce voyage, Nils va découvrir le monde. Prendra-t-il conscience de ses erreurs passées ?

*« L'eau des canaux était limpide et scintillante.*
*Pour Nils, c'était un vrai paradis :*
*Je n'ai jamais rien vu d'aussi beau ! »*

Flammarion jeunesse

## Le Seigneur sans visage
Viviane Moore

Tir à l'arc et duel au corps à corps sont au nombre des épreuves qui attendent le jeune Michel au château de la Roche-Guyon. Mais son apprentissage de chevalier est interrompu par une série de meurtres. Guillaume, le maître des lieux, reste reclus dans son donjon alors que son épouse, la belle Morgane, semble en danger... Prêt à tout pour la protéger, Michel percera-t-il enfin le secret du Seigneur sans visage ?

*« Le silence retomba. J'étais sûr qu'Hervé venait aux nouvelles, curieux comme les autres, comme moi aussi, de tout savoir sur la mort du maître d'œuvre. »*

Imprimé à Barcelone par:

blackprint
A CPI COMPANY

Dépôt légal : octobre 2011
N° d'édition : L.01EJEN000457.N001
Loi n° 49-956 du 16 juillet 1949
sur les publications destinées à la jeunesse